CAFÉ MIT SYLT UND ZUCKER

Liebe kommt vor

Impressum

1. Auflage, 2023
© Michelle Schrenk, Vogelbeerweg 16, 90584 Allersberg
michelleschrenk@googlemail.com

Lektorat & Redaktion:
Susanne Jauss, jauss-lektorat.de

Covergestaltung und Grafiken im Innenteil:
Michelle Schrenk, @canva, www.canva.com

Porträt Michelle Schrenk:
Nathalie Majewski, namama-fotografie.com

Die Handlungen und Figuren in diesem Roman sind frei erfunden. Ähnlichkeiten oder Namensgleichheiten mit lebenden oder bereits verstorbenen Personen sind rein zufällig und nicht beabsichtigt.

Herstellung und Druck über tolino media GmbH & Co. KG, Albrechtstr. 14, 80636 München. Printed in Germany. Fragen zu Produktsicherheit an: gpsr@tolino.media.

MICHELLE SCHRENK

Café mit Sylt und Zucker

LIEBE kommt VOR

Über die Autorin

Hinter der Autorin Michelle Schrenk steckt eine 1983 geborene Wassermannfrau, die es liebt zu träumen und es hasst, Zwiebeln zu schneiden. Schon immer widmete sie sich dem Erfinden von Geschichten und begann bereits im Grundschulalter damit, sie aufzuschreiben. Mit ihren gefühlvollen Liebesromanen, dem Mutmachbuch »Die Suche nach dem verlorenen Stern« sowie drei Kinderbüchern hat sie sich nun ihren Traum vom Schreiben erfüllt.

Nahezu jeder ihrer Titel war in den Amazon Top 100 vertreten, ihr herzerwärmender Roman »Kein Himmel ohne Sterne« sogar zehn Monate lang ohne Unterbrechung. Ihr Roman »Irgendwo hinter den Wolken« war Finalist des Kindle Storyteller Awards 2019. Sie ist überzeugt, dass es viele Wege zum Glück gibt, und hofft, ihren Lesern mit ihren Büchern ein wenig davon zu schenken.

Mehr über Michelle und ihre Bücher gibt's im Internet auf michelleschrenk.de sowie auf Facebook und Instagram:
www.facebook.com/MichelleSchrenkAutorin
www.instagram.com/michelle_schrenk_autorin

Für alle,
die das Meer lieben
und den Zucker
in ihrem Kaffee suchen. ;)

VIER NAMEN UND ein Kirschsaftdesaster

Platsch! Die Flasche mit Kirschsaft landet mit voller Wucht mitten auf meiner Brust und hinterlässt einen unübersehbaren Fleck auf meiner weißen Bluse. Bestimmt sehe ich jetzt aus, als hätte ich mir einen blutigen Kampf mit meinem ärgsten Feind geliefert.

Die Kundin vor mir hat zuvor bereits über eine halbe Stunde auf ihren schätzungsweise sechsjährigen Sohn eingeredet, er möge doch bitte mal stillhalten, damit wir endlich das Passfoto schießen können. Tja, das hat gut geklappt. Nicht.

»Also wirklich, Jonas Frederik Caspar Benjamin. Musste das sein?« Sie schenkt ihrem verzogenen Jungen nun auch noch ein Lächeln, statt ihm gehörig die Meinung zu sagen. Also, so lustig finde ich das jetzt nicht. Und überhaupt, wie viele Namen kann man einem Kind bitte geben?

Die Saftflasche war zwar nicht mehr ganz voll, nachdem der Bengel mit den vier Vornamen daraus getrunken hatte, dennoch reichte es, um mir endgültig den Tag – nicht nur die Bluse – zu versauen.

Oh Mann, mein Leben ist echt das reinste Chaos.

Sie werden als Fotografin nie wieder Fuß fassen.

Plötzlich sind die Worte, die mir vor einem halben Jahr den Boden unter den Füßen weggerissen haben, wieder in meinem Kopf. Ich versuche, sie beiseitezuschieben, es gelingt mir jedoch nicht wirklich.

»Könnten Sie sich jetzt bitte mal beeilen«, ruft ein Herr im Anzug, der schon viel zu lange vorne an der Ladentheke wartet und alle paar Sekunden angespannt auf sein Handy blickt. Er ist einer der Kunden, die in der Mittagspause schnell vorbeikommen, um Passbilder für Personalausweise und dergleichen machen zu lassen.

»Pass auf, Jonas Frederik Caspar Benjamin, wenn du jetzt nicht mitmachst, fliegst du nicht mit Papa und mir ans Meer. Hast du verstanden?« Die Mutter ist immer noch die Ruhe selbst. Kein Wunder, dass ihre Drohungen den Jungen völlig kaltlassen. Und klasse, dass er mit Kirschsaft nach mir geworfen hat, kommt überhaupt nicht mehr zur Sprache. Erneut sehe ich an mir hinunter. Oh Gott, die Bluse ist ruiniert.

»Jonas!« Ich zucke zusammen, denn endlich wird ihre Stimme etwas lauter – und der Name des Sprösslings kürzer.

Doch Jonas Frederik Irgendwas schüttelt den Kopf und fängt wild zu strampeln an. »Lass mich, lass mich. Mein Lutscher, ich will meinen Lutscher! Die Frau da hat gelogen«, brüllt er und deutet auf mich.

Stimmt, ich hatte ihm vor etwa einer Viertelstunde einen Lutscher versprochen, wenn er schön brav die Fotos machen lässt. Aber nach der Sache mit dem Saft kann er den getrost vergessen.

»Dass Sie ihm den Lutscher angeboten haben, war keine gute Idee«, sagt die Frau jetzt auch noch zu mir. Ich glaube, ich höre nicht recht. Immerhin hat ihr missratener Bengel mich gerade mit Kirschsaft beworfen.

»Ähm, ich mache das mal weg«, antworte ich nur und deute auf den Boden, der ebenfalls Saft abbekommen hat. Das, was mir eigentlich auf der Zunge liegt, verkneife ich mir wohlweislich.

Gerade als ich mich umdrehen und einen Lappen aus der Teeküche holen will, steht der Junge plötzlich auf und rennt davon. Hoffentlich verlassen die beiden jetzt den Laden, denke ich noch, da ertönt ein lauter Knall, gefolgt von einem Schrei, der einem durch Mark und Bein fährt. Auweia! Jonas Frederik Irgendwas hat wohl vergessen, die Glastür zu öffnen bei seinem Versuch, aus dem Laden zu rennen. Auch das noch.

»Jonas, mein Schatz!« Seine Mutter zieht ihn an sich, und ich laufe schnell zu den beiden hin.

»Ist alles okay?«, rufe ich über das laute Weinen hinweg.

»Nein, natürlich nicht.« Die Frau sieht sich aufgeregt nach allen Seiten um. »Jetzt stehen Sie nicht so da, holen Sie doch etwas, um seine Stirn zu kühlen!«

»Ja, klar ... sofort.« Ich renne in die kleine Tee-küche und nehme dort eines der Kühlpads aus dem Eisfach, laufe eilig zurück und reiche es der Frau. Der Junge schreit immer noch wie am Spieß, erst recht, als seine Mutter ihm nun das kalte Pad an den Kopf drückt.

»Ich würde sagen, wir gehen jetzt erst mal. Viel-leicht kommen wir später wieder, aber ...« Mit einem Mal mustert mich die Frau mit einem Blick, als wollte sie mir die Verantwortung für das, was passiert ist, in die Schuhe schieben.

»Tut mir leid«, entgegne ich, wobei ich nicht mal weiß, was mir leidtun soll. Ich kann ja nichts dafür, dass der Junge gegen die Ladentür geknallt ist. Aber dass er sich wehgetan hat und weint, ist natürlich nicht schön.

Als die beiden endlich weg sind, atme ich tief durch. Kurz mal abschalten, denke ich. Doch es dau-ert keine fünf Sekunden, bis der Mann im Anzug zu mir herkommt. »Können wir jetzt vielleicht mal? Ich brauche Passfotos«, fordert er mich ziemlich patzig auf. Mist, ihn habe ich ganz vergessen.

Ich zwinge mich zu einem freundlichen Lächeln. »Klar, bitte setzen Sie sich doch schon mal hierher. Ich muss nur kurz das hier aufwischen.«

Eilig suche ich in der Küche ein Tuch, um die Spu-ren des Kirschsaftdesasters zu beseitigen, während der Mann auf dem Hocker Platz nimmt. Als ich fertig bin, mache ich mich gleich daran, die Kamera auszu-richten. »So, ich stelle mal eben alles ein«, erkläre ich ihm, dabei kommt mir ungewollt ein leiser Seufzer über die Lippen. »Tut mir leid, es war gerade etwas anstrengend«, entschuldige ich mich.

Er schüttelt den Kopf. »Das geht mich nichts an, ich will einfach meine Bilder. Sie haben sich den Job ja ausgesucht.«

Na, schönen Dank auch. Er ist einer von der ganz besonders freundlichen Sorte. Ich habe mir diesen Job ausgesucht – die Worte treffen mich, aber ich versuche, mich nicht allzu sehr davon fertigmachen zu lassen. Denn ausgesucht habe ich mir das hier sicher nicht. Und doch wird mir mit einem Mal wieder klar, dass ich so ganz und gar nicht das tue, was ich eigentlich für mein Leben vorgesehen hatte.

Fotografieren war für mich immer ein Gefühl. Ich wollte kreativ sein, Emotionen für immer festhalten, als ob man mit Bildern die Zeit besiegen könnte. Deswegen war mir auch schnell klar gewesen, dass ich beruflich etwas in dieser Richtung machen möchte. Und dabei ging es mir nicht nur darum, einfach Fotos zu machen, vielmehr beschäftigte ich mich auch mit dem Thema Konzeptfotografie. Nach dem Studium war ich eine Weile in München in einer kleinen Agentur, reichte meine Bilder bei Wettbewerben ein und gewann sogar einen Preis. Dadurch konnte ich mir diese Weiterbildung in Nürnberg sichern. Einen Kurs bei Frank Kreiner, der im Bereich der Konzeptfotografie überaus angesehen ist – ein wahrer Glücksfall. Ich dachte wirklich, jetzt geht es aufwärts. Nachdem ich auch noch die Wohnung meiner Cousine Mia übernehmen konnte, schien alles in die richtigen Bahnen zu laufen.

Tja, doch meistens kommt es anders, als man denkt.

»Dauert es noch lange?« Die Stimme des Mannes drängt sich in meine Gedanken. Sie klingt nun ziemlich eisig.

»Nein, nein, ich bin schon so weit. Gut, dann also: eins, zwei …«, beginne ich zu zählen und drücke bei »drei« auf den Auslöser. Die Kamera blitzt einmal, zweimal, dreimal, und schließlich erscheint das Foto auf der Bildschirmanzeige. Ich drehe das Display in seine Richtung. »Passt das so, oder wollen Sie noch mal?«, frage ich ihn.

Kurz sieht er sich das Foto an, dann nickt er. »Passt.«

»Okay, dann drucke ich die Bilder aus.«

Mit einem weiteren Klick gebe ich den Auftrag frei. Nun geht alles ganz schnell. Die Bilder werden ausgespuckt, ich verpacke sie in eine Hülle und reiche sie dem Mann. Er bezahlt, und schon kümmere ich mich um den nächsten Kunden.

Das nennt man wohl Fotos im Akkord schießen. Wobei das mit Fotografie, so wie ich sie verstehe, nicht wirklich etwas zu tun hat, aber gut …

Das Einzige, was mir gerade einen Lichtblick schenkt, ist die Tatsache, dass ich ab heute sozusagen Urlaub habe. Einen kurzen Urlaub zwar, aber immerhin. Mein Freund Martin und ich sind uns zwar noch nicht ganz einig, wohin es für die wenigen Tage gehen soll, doch ich hoffe, dass ich mich durchsetzen kann und wir nach Sylt fahren. Seine Mutter meinte allerdings, im Harz sei es so schön, und sie hat auch schon in dem Hotel vorgefühlt, in dem sie früher immer mit ihrem Martin Urlaub machte, als dieser noch ein Kind war. Ich hingegen möchte unbedingt Mia auf Sylt besuchen, dort ein paar Tage ausspannen und endlich mal sehen, wie sie sich in ihrer neuen Wahlheimat eingelebt hat. Gestern Abend hat sie mir geschrieben, ob sie eines der Apartments für uns herrichten soll. Diese sind eigentlich für die Mitarbeiter gedacht, aber eines steht momentan leer. Ich muss ihr nachher gleich antworten.

So vergeht die letzte Stunde. Kurz nach zwei betritt schließlich meine Kollegin Valerie den Laden, um mich abzulösen.

»Hey du. Na, freust du dich schon auf deinen Urlaub?«, fragt sie und lächelt mich an. Ihre kurzen roten Haare lassen die blauen Augen funkeln. Darum beneide ich sie ja wirklich – ich liebe blaue Augen. Vermutlich, weil meine eigenen braun sind, genau wie meine Haare.

Doch ehe ich antworten kann, fällt ihr Blick auf den großen roten Fleck auf meiner Brust. »Du siehst ja schlimm aus. Was hat dich denn getroffen?«

»Kirschsaft. Hier war das totale Chaos«, erkläre ich. »Und dieses Chaos hatte einen Namen. Nein, vier Namen sogar: Jonas Frederik … Irgendwas.« Ich winke ab. »Ein absolut schreckliches Kind.«

Sie beißt sich auf die Lippen. »Oh weh, hört sich ja super an.«

»Stimmt, es war richtig toll! Ironiemodus aus.«

»Was ist denn passiert?« Ihr Blick wird mitleidsvoll.

»Der Junge hat mit einer offenen Flasche Kirschsaft nach mir geworfen. Er meinte, alles sei doof. Ich sei doof und eine Lügnerin, weil ich ihm seinen Lutscher nicht gegeben habe. Den hatte ich ihm versprochen, wenn er schön brav die Fotos machen lässt. Dafür hat mich seine Mutter dann auch noch kritisiert. Und na ja, zu guter Letzt ist der Bengel dann noch gegen die Ladentür gerannt.«

Valeries Augen weiten sich. »Ach herrje. Aber das da ist wirklich nur Kirschsaft – oder ist das etwa …?«

»Nein, nein, kein Blut, zum Glück nur Saft.«

»Oh Mann, Katha.« Sie runzelt die Stirn. »Wie lange soll das hier noch so für dich gehen?«

»Noch genau zwei Minuten, dann verschwinde ich in den Urlaub!«, antworte ich betont fröhlich und mit einem Augenzwinkern. Ich weiß, dass sie das nicht gemeint hat. Aber so fängt sie hoffentlich nicht wieder mit einer ihrer Predigten an.

»Und, weißt du schon, wo es hingeht? Hat Annegret womöglich gewonnen?«

Annegret ist Martins Mutter. Valerie sagt mir immer, dass ich mich von Annegret nicht so herumkommandieren lassen dürfe, das könne sie gar nicht mit ansehen. Und sie ist der Meinung, dass ich in meinem Leben mal wieder durchgreifen muss, nicht nur in Bezug auf Martin und seine Mutter, sondern ganz allgemein.

»Noch nicht. Ich muss Martin noch davon überzeugen, dass Sylt eindeutig besser ist als der Harz.«

Sie grinst und reckt den Daumen nach oben. »Da bin ich ganz sicher auf deiner Seite. Ich meine, Harz oder Sylt – die Entscheidung liegt doch auf der Hand. Für mich auf alle Fälle, ich liebe das Meer.«

»Ja, ich liebe es auch«, seufze ich. »Aber mal sehen.«

»Mal sehen? Wirklich, Katha, warum tust du dir das alles an? Ich verstehe es nicht. Allein schon die Sache mit dem Job hier. Deine Fotos sind spitze, du hast es einfach drauf. Damit kann dieser Kerl doch nicht durchkommen. Was bildet er sich ein? Nur weil er ein bekannter Fotograf ist, hat er nicht das Recht dazu. Und jetzt arbeitest du hier, ich meine, das ist doch nicht genug für dich …« Sie deutet in den Raum.

»Du arbeitest auch hier«, antworte ich nur, und sie lacht.

»Aber das ist doch was anderes. Für mich ist es nur ein Studentenjob.«

»Und für mich war es die Rettung. Ich kann froh sein, dass ich überhaupt einen Job bekommen habe, der etwas mit Fotografieren zu tun hat.«

»Ja, und das ist einfach das Letzte!«

Manchmal bereue ich es, dass ich Valerie das alles erzählt habe. »Es ist gut, wie es ist, fertig«, sage ich und versuche, glaubwürdig zu klingen. »Mein Leben ist jetzt ein bisschen ruhiger geworden. Manchmal ändert sich eben alles. Pläne im Leben ändern sich, die Umstände – das muss man dann einfach annehmen. Hier bekomme ich regelmäßig mein Geld und muss mir keine Gedanken machen, alles ist gut. Zum Glück hat Björn sich überhaupt erbarmt, mich einzustellen.«

»Das sehe ich anders. Und überhaupt: ein bisschen ruhiger? Ich würde eher sagen, dein Leben ist so langweilig, da schlafen selbst die Hausstaubmilben ein. Du hast so ein Potenzial, hast das Können, tolle Ideen und machst nichts mehr daraus, nur wegen dieses Kerls. Ganz ehrlich, so etwas muss man nicht akzeptieren. Und dann noch dein Privatleben, dieser Schwächling namens Martin und seine Mutter, die sich permanent in eure Beziehung einmischt – gruselig, echt. Ich kann es wirklich nicht verstehen, warum du das alles mit dir machen lässt. Wovor hast du Angst? Davor, deine Rechte im Leben einzufordern? Du hast ein Recht auf deine Träume, auf Selbstbestimmung und Liebe, auf richtige Liebe.«

»Aber ich liebe Martin doch.«

»Super, das glaube ich dir aufs Wort. Wenn die Liebe kommt, dann fühlt man das. Aber eure Beziehung ist einfach nur merkwürdig. Oder kannst du dir mit Martin eine Zukunft vorstellen, hmm?«

Okay, die Frage trifft mich. Kann ich das?

»Ähm, klar.«

Sie hebt eine Braue. »Ja, genau!«

»Jetzt hör schon auf. Mir geht es gut, wirklich«, beharre ich und weiß nicht, wen von uns beiden ich mehr davon überzeugen will – Valerie oder mich selbst.

»Klar. Na dann, viel Spaß im Harz«, sagt sie nur, worauf ich die Augen verdrehe und meine Tasche schultere. Ich will mich zum Gehen abwenden, doch sie hält mich zurück. »Warte mal. Tut mir leid, das war nicht böse gemeint, okay? Aber ich finde es eben schade, dich hier jeden Tag so unglücklich zu sehen. Dann denke ich mir immer: Wie viel schlimmer soll es denn noch werden? Schau dich doch mal an. Das Leben bewirft dich mit Kirschsaft ...«

Ich sehe sie an. »Bitte was?«

»Glaub mir, das ist nur der Anfang der kleinen Zeichen, die dir sagen: Los, ändere endlich was, Katha! Wach auf! Trau dich mal! Irgendwas!«

Das Leben bewirft mich also mit Kirschsaft, weil es mir etwas zeigen will? Ernsthaft? Was denn bitte?

»Also, wenn mich das Leben mit Kirschsaft bewirft, dann ist Jonas Frederik Irgendwas das Leben?«, frage ich. »Dieses freche Kind? Und der Kirschsaft ist dann was?«

»Du weißt, was ich meine. Es ist einfach ... schade.«

»Jap, schade Schokolade.« Lachend zwinkere ich Valerie zu und hoffe, dass das Thema damit erledigt ist. Ich drücke sie an mich und verabschiede mich endgültig von ihr. »Dann also viel Spaß«, sage ich. »Und falls dieser Jonas Frederik Irgendwas noch mal kommt, mach einfach die Tür nicht auf.«

Sie grinst. »Okay, das mache ich. Und du pass auf dich auf, ja? Fahr nach Sylt, denn das ist es, was du willst. Also tue es auch!«

»Jaja«, antworte ich nur noch und verlasse winkend den Laden.

Urlaub, endlich Urlaub. Als ich draußen auf dem Bürgersteig stehe, atme ich die frische Luft ein, die mich nun umgibt. Ja, ich habe Urlaub, Martin und ich werden zusammen bestimmt einiges erleben. Das wird schon alles, denke ich mir, als mein Handy klingelt. Wie es der Zufall will, ist es Martin.

»Hey, alles klar?«, frage ich, nachdem ich auf *Annehmen* gedrückt habe.

»Ja, alles super, richtig super sogar. Stell dir vor, Mama hat gebucht, es ist alles fix. Wir bekommen ein richtig tolles Zimmer, ich bin mir sicher, es wird dir gefallen. Sie meinte, wenn wir uns nicht entscheiden können, tut sie es eben für uns. Ist das nicht klasse?« Seiner Stimme höre ich an, dass er sich wirklich freut. Mir hingegen krampft sich der Magen zusammen.

»Gebucht? Was gebucht?«

»Na, den Harz!«

Ich schlucke. »Aber wir waren uns doch noch gar nicht einig. Und ich habe gesagt, dass ich lieber nach Sylt möchte, um Mia zu besuchen. Ich meine, Sylt ist so viel besser und …«

»Jetzt mal ehrlich«, unterbricht er mich, »da braucht man doch viel zu lange. Überleg mal, wie viel Zeit allein für die Anreise nach Sylt draufgeht. So viele Tage haben wir auch wieder nicht. Und das Hotel, das meine Mutter für uns gebucht hat, ist wirklich was Besonderes. Ruhig, aber trotzdem mit vielen Aktivitäten, perfekt für uns.«

Mir zieht es jetzt nicht nur im Magen, sondern auch in der Brust. Ich wäre so gern ans Meer gefahren, um Mia wiederzusehen und dort vielleicht spontan etwas zu erleben. Jetzt wird es also wirklich der Harz?

»Los, komm schon. Du weißt, ich habe Recht, das habe ich doch immer. So haben wir mehr Zeit für uns«, sagt Martin, und ich zucke mit den Schultern.

»Na schön, dann eben der Harz.« Ich gebe mich geschlagen.

Mit einem Mal höre ich die Stimme seiner Mutter im Hintergrund. »Das wird wunderbar werden, Katharina«, ruft sie, und ich rolle mit den Augen. Warum um Himmels willen kann Martin sich nie gegen sie durchsetzen oder mal etwas für mich machen?

»Hast du gehört?«, fragt er. »Mama weiß wie immer, was sie tut, du wirst sehen.«

»Na schön.« Ich seufze leise. »Dann sehen wir uns später, ich muss jetzt erst mal heim und packen. Mein Tag war echt mies. Ein kleiner Junge hat mich im Laden mit Kirschsaft beworfen, und ich habe einen Riesenfleck auf der Bluse.«

»Da hilft Zitrone mit Essig«, ruft Annegret prompt. Hat er etwa den Lautsprecher an? Oh Mann.

»Ja, danke«, sage ich nur noch, ehe ich schnell auflege und mich auf den Weg in Richtung Innenstadt mache. So ein blöder Tag.

Ich beschließe, kurz bei dem kleinen Supermarkt, der auf meinem Weg liegt, vorbeizugehen, um mir etwas zu trinken zu holen und vielleicht auch gleich Essig und Zitrone mitzunehmen. Beim Gedanken an das Telefonat von gerade eben verdrehe ich die Augen. Eigentlich wollte ich direkt in meine Wohnung und danach mit dem fertig gepackten Koffer zu Martin gehen, damit wir dann gleich nach Sylt aufbrechen können. Ich hatte so sehr gehofft, dass er sich noch umstimmen lässt, aber das hat sich ja jetzt erledigt. Denn seine Mutter hat für uns gebucht. Ich seufze. Was soll's, dann fahren wir eben in den Harz. Dort wird es sicher auch schön, rede ich mir ein.

Nach ein paar Minuten bleibe ich vor einem Schaufenster stehen. Es gehört zu einem Laden, der mir noch nie zuvor so richtig aufgefallen ist. *Glückskind* steht auf dem Schild über der Ladentür. Den Namen finde ich schon mal sehr süß, doch zu meiner derzeitigen Stimmungslage passt er überhaupt nicht. Gerade bin ich so weit von einem Glückskind entfernt wie Sylt von Nürnberg.

Dennoch lasse ich meinen Blick über die Postkarten in der Auslage schweifen. Sie sehen hübsch aus, sind richtig schön gezeichnet. Eine Karte mit einem Anker darauf sticht mir besonders ins Auge, und ich lese den Spruch, der darauf geschrieben steht: *Heute schon den Anker geworfen, um neue Ufer zu entdecken?* Nachdem ich meinen Anker wohl in den Harz werfen werde, eher nicht. Zumindest war es nicht mein Plan. Oh Mann, das alles ist schon ziemlich deprimierend. Wird mein Leben jetzt immer so verlaufen? Nichts, was ich mir wünsche, wird wahr?

Meine Augen schweifen weiter und bleiben auf einer Karte haften, die mich irgendwie heftig trifft: *Das Leben ist wie das Meer: Wenn du nicht selbst die Segel setzt und die Wellen reitest, wirst du nie ans Ufer gelangen.* Das tut weh, denke ich und muss hart schlucken. Aber mal ehrlich, manchmal kommt eben unvorhergesehener Wind auf und …

Ich muss mich beruhigen. Es ist nur eine Karte, oder? Wie auch immer, ich habe jetzt keine Lust mehr auf diese echt deprimierenden und rechthaberischen Sprüche und gehe weiter.

Schließlich erreiche ich den Supermarkt und suche nach Essig und Zitrone. Wenn ich schon nicht viel in den Griff bekomme, dann wenigstens diesen verfluchten Fleck. Während ich in der Schlange an der Kasse warte, betrachte ich ein paar Kerzen und hübsche Dekomaterialien, die dort aufgebaut sind. Automatisch greife ich nach einem der Flyer, die gleich daneben ausliegen, und als ich lese, was darauf geschrieben steht, verschlucke ich mich beinahe an meinem eigenen Speichel: *Sylt ist immer eine Reise wert.* Ist das ein schlechter Scherz? Langsam frage ich mich, ob ich nicht doch noch mal mit Martin reden sollte. Ich meine, es deutet ja irgendwie alles darauf hin, dass wir nach Sylt fahren sollten.

Ich bezahle meine Einkäufe und setze mich vor dem Geschäft auf eine Bank. Den Sylt-Flyer drehe ich nachdenklich in meinen Händen. Sind das alles vielleicht doch Zeichen? Wegen des Kirschsaftflecks bin ich ja erst zum Supermarkt gegangen, um Essig und Zitrone zu holen, dadurch habe ich die Karten im Schaufenster gesehen und dann noch diesen Flyer.

Okay, ich bin wirklich urlaubsreif. Und jetzt muss ich auch noch Mia sagen, dass wir nicht kommen. Super, Katha, du bist echt sehr willensstark. Ich zücke mein Handy und wähle ihre Nummer. Es tutet einmal, zweimal, dann höre ich ihre Stimme.

»Hey, Cousinchen, schon in Urlaubsstimmung? Bereit für frischen Wind, der dein Leben durchpustet? Ich verspreche dir, davon gibt es auf Sylt ganz viel.«

Ich lächele, weil es schön ist, Mias Stimme zu hören. Seit sie auf Sylt lebt, spürt man, wie glücklich sie ist.

»Ja, also ...« In meiner Brust sticht es nun wieder. »Deswegen rufe ich an. Ich muss mit dir reden. Es wird wohl doch der Harz, tut mir leid.«

Am anderen Ende der Leitung ist es für einen Moment still. »Aber wieso? Du wolltest doch kommen, schon die ganze Zeit. Warum jetzt der Harz?« Ihrer Stimme ist deutlich die Enttäuschung anzuhören.

Eine berechtigte Frage. So genau weiß ich das gerade selbst nicht. Wobei ... Doch, Martins Mutter hat gebucht, weil wir uns nicht entscheiden konnten – oder genauer gesagt ich. Dennoch antworte ich: »Martin meint, die Anreise sei schon sehr lang, und seine Mutter hat bereits dieses Hotel da im Harz reserviert. Aber wir machen das schon noch mit Sylt.«

»Bitte was? Seine Mutter hat einfach für euch gebucht?«

»Ähm ... ja, ist doch nichts dabei.«

»Okay, da kann man wohl nichts machen.«

Bei ihren Worten zerreißt es mir fast das Herz. »Tut mir echt leid, ich bin auch ganz traurig«, sage ich und meine es auch so.

»Ach, Katha, ich weiß, es geht mich eigentlich nichts an. Aber wenn du traurig bist, weil du unbedingt hierherkommen möchtest, dann mach es doch einfach. Irgendwie habe ich das Gefühl, dass dir das alles gerade nicht guttut – und Martin auch nicht. Sorry, wenn ich das so sage, aber er passt nicht zu dir.«

Jetzt fängt sie auch noch an, wie Valerie zu reden.

»Unsinn«, entgegne ich nur.

»Ich weiß, es ist deine Sache.« Mia seufzt. »Aber du warst immer so freiheitsliebend, hast die Dinge angepackt. Und bei dieser Sache steckst du nun komplett den Kopf in den Sand. Ich finde das nicht gut. Stellst du dir dein Leben gerade echt so vor?«

Ich räuspere mich. »Also, ich … ich stecke den Kopf nicht in den Sand, weil ich ja in den Harz fahre«, versuche ich, das Gespräch aufzulockern.

»Na schön. Tut mir leid, ich meine es auch nicht böse, doch ich habe das selbst genauso erlebt. Damals war ich echt froh, als mir meine beste Freundin Lisa sagte, dass ich mal wieder an meine Träume denken soll. Und du solltest auch dein Leben mal wieder in die Hand nehmen. So geht es doch nicht weiter.«

»Es ist wirklich alles gut, mach dir keine Gedanken. Ich werde schon noch nach Sylt kommen, aber …« Ich werfe noch mal einen kurzen Blick auf den Flyer.

»Aber was?«

»Aber eben nicht jetzt.«

»Katha, sorry«, ruft Mia mit einem Mal. »Bene klopft an, ich muss auflegen. Aber lass dir noch eines sagen: Wenn man das Schicksal ignoriert, dann schlägt es zu – wie eine Möwe auf Futtersuche.«

Nachdem sie aufgelegt hat, sitze ich da und starre nachdenklich auf das Telefon in meiner Hand. Eine Möwe auf Futtersuche. Wie kommt sie denn darauf? Und das Schicksal? Als ob sich das Schicksal für mich interessiert. Wenn es wirklich wollte, dass ich nicht in den Harz fahre, sondern nach Sylt, dann müsste es schon etwas richtig Heftiges auftischen, nicht nur ein paar Postkarten. Aber das wird es sicherlich auch nicht tun.

Wenn man das Schicksal ignoriert,
dann schlägt es zu –
wie eine Möwe auf Futtersuche.

DAS SCHICKSAL unterschätzt

Tja, ich habe das Schicksal wohl unterschätzt. Oder die Möwen auf Futtersuche?

»Überraschung!«, rufen Martin und Annegret im Chor, als ich mit meinem gepackten Koffer die Tür seiner Wohnung öffne.

»Was ist hier los?«, frage ich, da stechen mir schon weitere Koffer ins Auge. Und es sind nicht nur Martins Koffer.

Annegret lacht. »Sie will wissen, was los ist. Nun sag es ihr schon«, fordert sie Martin auf, der lächelnd zu mir herkommt.

»Wir fahren alle zusammen in den Harz«, erklärt er mir mit freudiger Miene.

Ich weiß nicht, was ich sagen soll. Ist das ein schlechter Scherz? Hallo, versteckte Kamera, wo bist du?

»Ähm, und was heißt das genau?«, hake ich nach, obwohl ich es irgendwie schon ahne.

»Du bist lustig. Na, Mama kommt auch mit in den Urlaub.« Er deutet auf die Gepäckstücke. »Schau, die Koffer sind schon gepackt.«

Annegret legt Martin den Arm um die Schultern und zieht ihn an sich. »Ich kann euch dort dann alles zeigen. Ist ja schon ein bisschen her, seit ich mit meinem kleinen Martin dort war.« Sie kneift ihn in die Wange. »Na, komm her, mein Großer.«

Okay, echt jetzt?

»Zudem habe ich mir Gedanken gemacht, wie das mit euch beiden weitergeht. Schon als ihr euch kennengelernt habt, sagte ich zu Martin, dass man dich gut formen kann, Katharina. Und ich will ja auch endlich mal ein paar Enkelkinder haben. Daran können wir während des Urlaubs gemeinsam arbeiten. Weißt du zufällig, wann dein Eisprung ist, Liebes?«

Hat sie das gerade ernsthaft gefragt? Und was meint sie mit »*wir können daran arbeiten*«? Auch noch gemeinsam?

»Mama hat wirklich tolle Ideen«, lobt Martin sie prompt. »Und so ein kleiner Martin junior, das wäre doch was. Ich sehe unsere Zukunft schon vor mir: Du machst endlich Schluss in diesem Fotoladen, kannst mit Mama zusammen kochen und backen und die Wäsche machen, während ich für unseren Lebensunterhalt sorge. Und am Abend machen wir es uns alle zusammen gemütlich.«

Ja, ich sehe unsere skurrile Zukunft ebenfalls vor mir. Martin und ich – und Annegret, die am Ende noch mit uns im Schlafzimmer liegt, um unsere Leistung im Bett zu bewerten. Ehrlich gesagt habe ich keine Ahnung, wie ich mir meine Zukunft vorstelle, aber so bestimmt nicht.

Mit einem Mal kann ich nicht anders und schüttele den Kopf. Erst ganz kurz, dann immer heftiger. »Nein, also ... nein, ganz bestimmt nicht. Da mache ich nicht mit. Mein Leben wird sicher nicht wie ein Kirschfleck, der nicht mehr rausgeht. Nein, nein, nein!«

»Kirschflecken gehen raus, Liebes. Ich habe dir doch gesagt, nimm Essig und Zitrone.«

»Jaja, und dafür danke ich dir auch, Annegret. Viel Spaß euch beiden im Harz, aber ich muss jetzt leider gehen.«

Und mit diesen Worten wende ich mich ab und stürme aus der Wohnung.

»Hab ich es doch gesagt! Schicksal, alles Schicksal! Man sollte es nicht ignorieren«, ruft Mia ins Telefon.

»Die Möwe auf Futtersuche, ich weiß schon.« Ich seufze, während ich das Steuer in den Händen halte. »Aber mal ehrlich, so verrückt kann doch nicht mal das Schicksal sein. Sie hat mich ernsthaft gefragt, wann mein Eisprung ist.«

Mia lacht. »Na, sie wollte einfach ganz genau Bescheid wissen. Wie sollt ihr sonst kleine Martins machen?«

»Hör auf, Mia, das ist so gruselig. Allein die Vorstellung ... Aber weißt du was? Als sie anfing, von

der Zukunft zu reden, und Martin dann auch noch mit seinen merkwürdigen Vorstellungen daherkam, da konnte ich nicht mehr anders. So stelle ich mir das echt nicht vor. Ich habe keine Ahnung, was hier los ist, doch eines weiß ich: Es kann nur besser werden.«

»Das verstehe ich, und ich freue mich jetzt einfach nur, dass wir uns endlich wiedersehen. Es tut mir leid, dass ich vorhin so hart zu dir war.«

»Alles gut, du warst nur ehrlich. Ich freue mich auch so sehr«, sage ich und kann noch immer nicht glauben, dass ich tatsächlich auf dem Weg zu ihr nach Sylt bin.

Mit einem Mal ging alles ganz automatisch. Ich wusste plötzlich, was ich will. Und vor allem, was ich nicht will. Also bin ich einfach losgefahren. In gerade mal acht Stunden – die eine oder andere Pause eingerechnet – werde ich am Meer sein.

»Vielleicht will es das Schicksal tatsächlich so und das waren wirklich Zeichen«, überlege ich. »Weißt du, das habe ich dir vorhin nicht erzählt, aber der ganze Tag war einfach mies verrückt.« Ich blicke auf die Straße vor mir und muss doch wieder kurz lachen.

»Das wird schon alles. Ich bin mir sicher, das Schicksal hat sich etwas dabei gedacht. Es hat einen Plan und arbeitet die ganze Zeit daran!«

Ich verdrehe die Augen. »Du wirst immer mehr wie deine kartenlegende Mama.«

Mia kichert. »Du musst schon zugeben, die Karten, die sie für mich gelegt hat, haben sogar gestimmt. So, aber jetzt mach dir keine Gedanken mehr. Fahr vorsichtig, und wir reden später weiter, wenn du hier angekommen bist, okay? Ich bereite schon mal das Apartment vor.«

Nachdem wir aufgelegt haben, mache ich Musik an und blicke auf das Navi. Wer hätte gedacht, dass ich mich tatsächlich heute noch auf den Weg nach Sylt mache? Verrückt, aber vielleicht soll es wirklich so sein.

DEN
Anker setzen

»Hallo, Sylt. Da bin ich also«, murmele ich vor mich hin, während ich den Wagen vor dem Apartmenthaus in der Sandstraße parke.

Ich kann es noch immer nicht ganz glauben. Die Anreise war schon ziemlich anstrengend, und ich weiß gerade nicht, wie ich es überhaupt geschafft habe. Ein Hörbuch mit einem Liebesroman, der natürlich am Meer spielte, einige Sommerplaylists sowie eine nicht unerhebliche Menge Kaffee haben letztlich dafür gesorgt, dass ich am Steuer nicht eingeschlafen bin.

Jedenfalls bin ich nun hier. Auf Sylt. Endlich.

Ich trommele mit meinen Fingern auf das Lenkrad. Das Ganze ist wirklich verrückt. Martin, seine Mutter, das letzte halbe Jahr … Irgendwie habe ich das Gefühl, dass ich in dieser Zeit nicht wirklich ich war. Natürlich aus verschiedenen Gründen, doch war es richtig, mich so lange hängen zu lassen? Damit ist jetzt Schluss, nehme ich mir vor. Ich bin am Meer, bald kann ich es sehen und freue mich so unheimlich darauf. Und dass ich diese Möglichkeit hatte, einfach spontan hierherzukommen – ich kann so dankbar sein, dass Mia hier lebt und bereits das Apartment für mich vorbereitet hat. Ab jetzt wird gelächelt, sage ich mir. Weil ich nun hier bin. Weil ich es geschafft habe.

Ich blicke aus dem Wagenfenster. Kaum zu glauben, wie schön es hier ist. Das Apartment sieht schon von außen traumhaft aus, charmant und schnuckelig, und ich nehme mir fest vor, das Beste aus allem zu machen. Ja, genau das werde ich tun. Ich werde es genießen, hier auf der Insel zu sein, die salzige Luft einzuatmen, ein paar Sonnenstrahlen einzufangen, den Wind zu spüren.

Als ich aus dem Auto aussteige, belebt mich die frische Brise, die ich nun einatme. Der leichte Duft von Salz und Meer. Kurz lasse ich mir die Sonne auf die Nase scheinen, bevor ich den Kofferraum öffne und mein Gepäck heraushole, um mich damit schnell ins Apartment zu begeben.

Bei ihrem letzten Anruf meinte Mia, dass sie mir den Schlüssel unter die Fußmatte vor der Tür gelegt hätte, damit ich, egal wann ich ankomme, gleich ins Apartment kann, um zu schlafen und zur Ruhe zu kommen. Auch dafür bin ich sehr dankbar.

Mit klopfendem Herzen suche ich also unter der Fußmatte nach dem Schlüssel und bin erleichtert,

als ich ihn in der Hand halte und die Tür aufschließe. Sofort fühle ich mich angekommen. Die
morgendlichen Sonnenstrahlen füllen sanft den
Raum, und es riecht frisch nach Seife, Holz und
Natur. Die Einrichtung strahlt eine solche Behag-
lichkeit aus, wie ich sie mir für meine eigene Wohnung immer erträumt habe.

Auf dem Tisch im Wohnzimmer finde ich einen
Strauß Wiesenblumen und eine Karte vor. Mit einem
Lächeln auf den Lippen beginne ich zu lesen:

*Willkommen, meine liebe Cousine. Ich freue mich so
auf dich. Alles wird gut, ganz sicher. Manchmal
braucht man einen Tapetenwechsel, und schon ändert
sich alles, du wirst sehen. Deine Mia*

Ja, so ist es hoffentlich. Ich greife nach meinem Handy und schicke ihr ebenfalls eine Nachricht.

*Du bist einfach die Beste. Ich bin jetzt angekommen
und melde mich, wenn ich ausgeschlafen habe. Bin
hundemüde. Ganz lieben Dank und bis später!*

Nachdem ich das Handy wieder weggesteckt habe,
ziehe ich meinen Koffer ins Schlafzimmer, hole ein
Schlafshirt heraus, schließe die Jalousien und kuschele mich ins Bett. Auch wenn ich am liebsten sofort
ans Meer laufen würde, weiß ich, dass ich erst mal
dringend Schlaf nachholen muss.

Eine Weile lasse ich noch meine Gedanken kreisen. Manchmal braucht man einfach einen Tape-

tenwechsel, hat Mia geschrieben, und ich bin glücklich, dass ich diesen Schritt gewagt habe. Mit einem Lächeln auf den Lippen fallen mir schließlich die Augen zu.

Keine Ahnung, wie lange ich geschlafen habe, aber als ich die Augen aufmache, fühle ich mich wie neugeboren. »Wahnsinn, ich bin wirklich hier«, sage ich zu mir selbst und taste nach meinem Handy. Wow, es ist fast vier Uhr am Nachmittag – ich habe beinahe den ganzen Tag tief und fest geschlafen. Doch das habe ich nach der langen Anreise auch gebraucht.

Ich checke meine Nachrichten und sehe, dass Mia mir geantwortet hat.

Das freut mich. Melde dich dann. Kann es kaum erwarten, dich zu drücken!

Ihre Nachricht zaubert mir ein erneutes Lächeln auf die Lippen. Ja, ich kann es auch kaum erwarten. Während ich mich strecke, beschließe ich, mich nun erst ein wenig frisch zu machen und dann Mia im Café zu besuchen.

Ich bin so gut gelaunt wie lange nicht mehr, doch dann klingelt mein Handy, und ich sehe Martins Namen auf dem Display. Oh, was will der denn? Auf ihn habe ich jetzt echt keine Lust. Ich brauche erst mal Kaffee.

Mia ist einfach ein Schatz, denn in der Küche finde ich eine Maschine und alles, was man für einen

Kaffee braucht. Während die Maschine anfängt zu rattern, gehe ich ins Bad und stelle mich unter die Dusche. Frisch geduscht und in ein kuscheliges Handtuch gehüllt, föhne ich mir die Haare, schminke mich ein wenig und schlüpfe in ein hübsches Kleid. Nachdem ich dann auch noch meinen Kaffee getrunken habe, fühle ich mich gleich viel lebendiger.

Mein Telefon klingelt erneut, diesmal ist es Mia.

»Hey, guten Morgen, Murmeltier«, begrüßt sie mich. »Wie geht es dir?«

Ich gähne demonstrativ, was ihr ein Kichern entlockt. »Viel besser. Ich habe so lange geschlafen und mir jetzt erst mal einen Kaffee gemacht – danke dafür. Nun bin ich startklar, du musst mir nur sagen, wie ich zum Café und zum Meer komme.«

»Ach, das ist ganz leicht. Du folgst einfach dem Weg vom Apartment bis zu einem hölzernen Steg, der durch die Dünen direkt zum Meer führt. Das Café kannst du von dort aus eigentlich nicht übersehen, es liegt an der Promenade.«

Allein schon die Vorstellung macht mich glücklich. »Super, dann mache ich mich mal auf den Weg.«

Nachdem wir das Gespräch beendet haben, ziehe ich mir noch eine Jacke über, da laut Mias Aussage der Herbst ganz sachte anklopft und es schon etwas frischer auf der Insel geworden ist. Dann schnappe ich mir meine Tasche und gehe los.

Neugierig lasse ich meinen Blick über die Umgebung wandern. Über mir höre ich die Möwen kichern und muss grinsen. Jaja, die Möwen auf Futtersuche. Mir fällt ein, dass Mia ja ebenfalls etwas mit den Möwen verbindet. Eine hat ihr mal ein Fischbrötchen aus der Hand geklaut, und vermutlich kam sie auch deswegen auf den Spruch mit der Futtersuche. »Das sind echt freche Tiere«, meinte sie. »Halte bloß niemals Essen in die Luft, vor allem kein Fischbrötchen.«

Mia. Gleich werde ich sie sehen, darauf freue ich mich schon so sehr. Sich persönlich gegenüberzustehen, ist doch etwas anderes, als nur am Telefon zu sprechen oder eine E-Mail zu schreiben. Auch bin ich schon gespannt darauf, das Café zu sehen und Bene, einen waschechten Sylter, der meiner Cousine den Kopf verdreht hat, kennenzulernen. Es ist schön, dass sie sich mit ihm jetzt so gut versteht. Wobei es ja viel mehr als nur *verstehen* ist, denn die beiden lieben sich und leiten das Café gemeinsam, unterstützt werden sie dabei von ihrer Aushilfe Fine und dem Bäcker Jan. Sie alle kenne ich nur durch Mias Erzählungen – bis auf Bene, mit dem ich natürlich auch schon am Telefon gesprochen habe.

Wie Mia es beschrieben hat, ist es tatsächlich nicht sehr weit bis zum Meer. Schon nach kurzer Zeit erreiche ich den besagten Holzsteg, der mich durch die Dünen hindurchführt. Ich kann das Meer schon beinahe spüren. Die Luft wird immer frischer, und als ich das Meer dann sehe und das Rauschen der Wellen in meinen Ohren erklingt, breitet sich ein warmes Gefühl in meinem Bauch aus. Nur noch wenige Schritte, dann werde ich den Steg verlassen und den Sand unter meinen Füßen spüren.

Am Ende des Steges ziehe ich meine Schuhe aus und genieße den Moment. Die Sonne scheint, ihr Licht glitzert auf dem Wasser und bricht sich in den sanften Wellen. Ja, das ist auch ein Zeichen. Weil es guttut. Das Meer schimmert von Tiefblau bis hin zu einem beruhigenden Türkis, das an einigen Stellen von goldenen Sonnenstrahlen durchzogen ist.

Mein Herz klopft, als ich den salzigen Geruch in mich aufnehme. Die Brise des aufkommenden Herbstes weht leicht über die Dünen und bringt eine angenehme Kühle mit sich. Und so bin ich froh, meine leichte Jacke dabeizuhaben.

Ich blicke mich um. Es sieht aus wie auf den Fotos, die Mia mir im Sommer geschickt hat, nur war da auf dem breiten Strand einiges mehr los. Jetzt hingegen wirkt er viel ruhiger und wie ein Ort der Entspannung und des Rückzugs, aber dennoch lebendig. Dazu die Weite des Meeres und des Himmels, die ein Gefühl von Freiheit vermittelt. Eine Weile stehe ich still da und genieße den Anblick der Wellen, dann gehe ich langsam auf das Ufer zu, bis ich mit den Füßen das Wasser berühre. Ich breite die Arme aus, spüre den Wind und bin einfach nur froh, hier zu sein.

»Ich bin gespannt, was passieren wird, wenn ich schon unbedingt hierherkommen sollte«, flüstere ich gegen den Wind, der mir durch die Haare weht.

In der Ferne entdecke ich ein paar Surfer und ein kleines Segelboot, das auf den Wellen treibt. Was stand noch mal auf dieser Karte im Schaufenster? Wenn man nicht selbst die Segel setzt, wird man nie ans Ufer gelangen. Die Segel setzen – ob ich das schaffe, so orientierungslos, wie ich bin?

Aber inmitten dieser Gedanken ist er auf einmal wieder da, dieser Drang in mir, den ich lange vergessen und beiseitegeschoben hatte. Der Drang, diesen Anblick hier auf einem Bild festzuhalten. Ich schlucke. Das Fotografieren fehlt mir schon ein bisschen, genauer gesagt das richtige Fotografieren. Und das war auch der Grund, warum ich seinerzeit nach Nürnberg kam: um mich darin weiterzubilden. Doch dann wurde alles um mich herum so düster.

Gerade ist da jedoch wieder ein wenig Licht. Vielleicht, weil ich weit weg von allem bin.

Ich ziehe mein Handy aus der Tasche und versuche, die Atmosphäre mit der Kamera einzufangen. Und es tut mir gut, wirklich gut. Zu schade eigentlich, dass ich es so lange nicht mehr gemacht habe. Dass ich jetzt hier bin, bewegt etwas in mir. Vielleicht ist es wichtig, mal wieder eine komplett andere Sicht auf die Dinge zu bekommen, um zu erkennen, wohin der Weg führt.

Eine Möwe kreist über mir und landet schließlich im Sand. Ich beobachte das Tier, wie es mit dem Schnabel darin herumwühlt.

»Na, bist du auf Futtersuche?«, frage ich sie, doch natürlich antwortet die Möwe nicht, sondern wühlt einfach weiter. Aber mit einem Mal sieht sie mich direkt an. »Ich hab leider nichts für dich«, sage ich.

Auf einmal fällt mir etwas auf, das im Sand liegt. Als die Möwe kiekend wegfliegt, hebe ich den Gegenstand auf, den sie vermutlich gefunden hat, und betrachte ihn. Es ist ein Anhänger in Form eines Ankers. Das gibt's ja nicht. Ob die Möwe ihn mir zeigen wollte?

Ich rolle mit den Augen. Ja, ganz sicher, Katha. So ein Quatsch. Irgendjemand hat hier eben diesen Anhänger verloren. Dennoch ist es schon ungewöhnlich, dass ausgerechnet eine Möwe ihn direkt vor mir ausbuddelt. Während ich ihn noch einen Moment lang mustere, fallen mir die Sprüche auf den Karten wieder ein. *Heute schon den Anker geworfen, um neue Ufer zu entdecken?*

Ich stecke den Anhänger in meine Jackentasche, werfe noch einen kurzen Blick auf das Meer, dann wende ich mich ab und suche mit meinen Augen die Promenade ab. Mia meinte, das Café sei nicht zu übersehen. Und tatsächlich fällt mir ein weißes Häuschen mit Reetdach ins Auge. Als ich nun darauf zugehe, kann ich es kaum mehr erwarten, Mia gleich zu drücken. Ich blicke auf die Uhr, es ist schon fast halb sechs. Jetzt aber los.

Kurz taste ich noch mal nach dem Anhänger. Ein Zufall, dass ich ihn gefunden habe? Ausgerechnet einen Anker? Keine Ahnung, aber wer weiß, vielleicht bringt der Anhänger mir Glück, um es herauszufinden.

Manchmal muss man
wie die Möwen sein und nach
den kleinen Glücksmomenten
im Sand suchen.

WIEDERSEHEN MIT Urlaubsfeeling

Als ich das Café erreiche, bleibe ich für einen Moment stehen und betrachte es. Mia hat mir natürlich Bilder davon geschickt, doch es ist schon etwas ganz anderes, nun tatsächlich davorzustehen.

Ich mustere das Holzschild, auf dem der Name *Café mit Sylt und Zucker* steht, und muss sagen, dass das Café unheimlich charmant aussieht. Blumen umranken eines der Fenster, und der Duft von Kaffee und Kräutern vermischt mit etwas Blumigem weht mir in die Nase. Auf den Tischen vor dem Haus haben es sich ein paar Gäste gemütlich gemacht. Im Vergleich zum Hochsommer ist es hier ebenfalls ruhiger geworden, was sicher auch daran liegt, dass das Café bereits um achtzehn Uhr schließt.

Während ich die Gäste beobachte, darunter eine ältere Dame mit bunten Ohrringen, die in einem Magazin blättert, spüre ich erneut den Drang, diese Szene auf einem Foto festzuhalten. Denn ab und an blickt sie von ihrer Zeitschrift auf, sieht sich um und wirkt dabei ziemlich verträumt. Irgendwann hebt sie die Hand, und eine blonde Frau mit einer Schürze tritt lächelnd an ihren Tisch.

Ich habe es immer geliebt, Menschen zu beobachten und mir ihre Geschichten auszudenken, mir ihre Gedanken auszumalen. Gefühlt ist das viel zu lange her.

Nachdem die Frau bezahlt hat, steht sie auf, winkt der hübschen Kellnerin noch einmal zu und ruft: »Grüß Mia und sag ihr, dass ich losmusste.« Als sie sich dann abwendet, treffen sich kurz unsere Blicke, und sie lächelt mich an. Ich lächele zurück. Sicherlich gehört sie zu den Stammgästen, von denen das Café wohl einige hat.

Ich fasse meinen Mut zusammen und betrete nun den Innenraum des Cafés, der wunderschön hell und einladend ist. Viele Bilder hängen an den Wänden, und ich kann nicht anders, als sie zu betrachten. Die Rosen, wie schön. Mia hat mir von der Bedeutung der Rosen erzählt, wie wichtig sie für das Café sind.

Mein Blick gleitet zu einem weiteren Foto, auf dem die Frau von gerade eben zusammen mit einem Mann abgebildet ist. Und nun dämmert es mir. Das muss Svantje gewesen sein, die Vorbesitzerin des Cafés. Wenn ich jetzt so darüber nachdenke, macht es Sinn, denn laut Mia sind die bunten Ohrringe ein Markenzeichen von Svantje.

Ich wende mich der Theke zu und mustere die Kuchen, Torten, kleinen Häppchen und anderen Köstlichkeiten, die dort in der Auslage teilweise gekühlt angerichtet sind. Wie dekorativ doch alles gestaltet ist. Kleine Döschen, Fläschchen und weiß lackierte Regale verbreiten wohlige Wärme und ein Urlaubsfeeling.

»Hey, kann ich dir helfen?« Die blonde Bedienung reißt mich aus meinen Gedanken. Sicherlich mache ich auch einen leicht verwirrten Eindruck, wie ich so dastehe und alles genau betrachte.

»Ähm, ja«, antworte ich. Sie ist wirklich hübsch, das muss ich sagen. Die hellen, von der Sonne geküssten Haare, die blauen Augen. Das muss Fine sein.

Ich will gerade weitersprechen, als Mia aus der Küche kommt und auf mich zurennt. »Ah, Katha, da bist du ja! Ich flippe so was von aus!«, ruft sie und nimmt mich überschwänglich in den Arm.

Ihre Umarmung ist warm und herzlich, sodass ich mich sofort angekommen fühle. Es tut einfach gut, Mia endlich mal wieder in echt zu sehen und nicht nur übers Handy, sie im Arm zu halten und ihre Vertrautheit zu fühlen.

»Ich freue mich auch so«, entgegne ich mit belegter Stimme, während wir uns noch immer festhalten.

»Das ist so toll, endlich sehen wir uns wieder nach allem, was passiert ist. Also, so richtig und nicht nur per Facetime.«

Nachdem wir uns aus der Umarmung gelöst haben, wische ich mir das Tränchen weg, das vor Rührung über meine Wange gerollt ist. Mia lächelt mir zu. »Ach komm, nicht weinen. Es ist doch schön, dass du endlich hier bist – am Meer. Und es wird toll, glaub mir!«

Ich nicke. »Das ist es auch. Verrückt, aber schön. Wirklich, es ist unglaublich beeindruckend hier.«

Mia grinst. »Ja, ich liebe es auch. Und noch mal ganz offiziell: Willkommen im *Café mit Sylt und Zucker*, meine liebe Cousine«, sagt sie, und ich sehe mich um.

»Das Café ist einfach zauberhaft. Die Bilder dort habe ich schon bestaunt, und ich glaube, ich habe Svantje darauf erkannt. Sie hat bis eben draußen gesessen, oder?«, frage ich Mia.

»Gut erkannt, sie trinkt gern am Abend noch einen Tee oder Kaffee hier bei uns. Heute haben wir einen Friesentee mit Rosen im Angebot. Bene und ich dachten, für den Herbst wollen wir wieder etwas Neues ausprobieren, mit Schuss und ohne«, erzählt Mia.

»Das klingt toll.«

»Bestimmt triffst du Svantje noch mal, dann stelle ich sie dir vor.« Plötzlich streicht Mia mir sanft über die Wange. »Na, hast du gut geschlafen? Hat alles gepasst? Wir haben ja vorhin schon telefoniert, aber trotzdem«, fragt sie lächelnd.

»Ja, das habe ich. Das Apartment ist wunderschön, und alles hat einwandfrei geklappt. Du hast ja sogar alles für einen Kaffee bereitgestellt.«

»Klar, was denkst du denn? Ohne Kaffee geht doch gar nichts. Und, bereit für einen *Tapetenwech-*

sel?« Sie zwinkert mir zu, denn ich weiß, dass sie damals wegen einer Anzeige auf dieser Plattform auf die Insel kam, genauso wie Fine.

»Ja, absolut.«

»Das mit Martin ist übrigens echt der Hammer. Ich kann es ehrlich gesagt noch immer nicht glauben.«

Ich halte mir die Hände vors Gesicht. »Ich auch nicht. Oh Mann, ich wurde tatsächlich nach meinem Eisprung gefragt.«

Mia lacht. »Das ist so was von verrückt. Aber bevor wir weiterquatschen und was trinken, muss ich dir unbedingt Bene vorstellen. Und ich hoffe, du hast Lust, heute noch ein wenig zu feiern, denn am Strand findet nachher eine Party zum Abschluss der Sommersaison statt. Ich dachte, wenn wir alle dort hingehen, das könnte dir gefallen.«

Damit überrascht sie mich, aber ja, Feiern klingt gut. Doch ehe ich darauf eine Antwort geben kann, wendet sie sich ab und geht in Richtung der Theke, während ich stehen bleibe und warte. Mein Blick schweift erneut über die vielen Bilder und die süßen Gläser, in denen sich wohl der Rosenzucker befindet.

»Hey, Katha, jetzt endlich in echt.« Ich drehe mich um. Vor mir steht Bene, der mich sofort umarmt.

»Freut mich, dass du hier bist. Das ist so cool. Okay, die Umstände sind nicht die glücklichsten, aber ...«

»Schon gut.« Ich hebe eine Hand. »Ich freue mich auch, und es ist schön, dich endlich nicht nur übers Telefon oder im Videocall zu sehen.«

»Das finde ich auch.«

Mia gesellt sich jetzt wieder zu uns. »Ich habe Katha gerade gesagt, dass heute Abend die Feier am Strand stattfindet«, erzählt sie Bene und wendet sich dann mir zu. »Sie kommt als Ablenkung praktisch wie gerufen. Vorausgesetzt, du bist fit genug. Die Anreise war ja doch ziemlich heftig.«

»Das geht schon«, entgegne ich. »Nachdem ich ja lange geschlafen habe, bin ich wieder fit wie ein Turnschuh. Ich freue mich wirklich, auszugehen und auf andere Gedanken zu kommen – ich war ewig nicht mehr feiern.«

»Perfekt.« Bene hebt den Daumen. »Ich packe mal den Rest zusammen und wische die Theke. Setzt ihr euch ruhig schon hin, ich komme dann zu euch.« Bevor er sich abwendet, küsst er Mia noch auf die Wange.

»Er ist echt toll«, sage ich zu ihr, nachdem wir uns an einen der Tische vor dem Café gesetzt haben.

»Ja, ich bin auch wirklich glücklich.« Kurz lächelt sie verträumt, dann schlägt sie sich spielerisch auf die Stirn. »Ach Mensch, ich alte Watttante, ich habe dir Fine ja noch gar nicht offiziell vorgestellt.« Sie winkt Fine zu, und nachdem diese die letzten Gäste abkassiert hat, kommt sie zu uns an den Tisch.

»Fine, das ist Katha, meine Cousine«, stellt Mia mich vor.

»Das wollte ich dich vorhin schon fragen, aber Mia war so stürmisch, da bin ich gar nicht mehr dazu gekommen.«

Ich grinse. »Ja, ich dachte mir auch schon, dass du Fine bist. Freut mich sehr, dich kennenzulernen.«

»Danke, ebenso.« Sie strahlt mich an. »Ich bringe euch beiden was zu trinken, ihr habt bestimmt viel zu besprechen. Also, was möchtet ihr?«

Mia sieht mich fragend an. »Einen Cocktail? Du musst unseren Rosencocktail probieren, ja?«

Ich nicke. »Super gern, Cocktail klingt gut.«

Fine will sich gerade abwenden, als Mia sie noch mal zu uns ruft. »Ach, Fine, kannst du auch für uns alle ein paar Kleinigkeiten zu essen herrichten? Damit der Magen nicht ganz leer ist, Katha hat bestimmt noch nichts gegessen.«

»Klar, wird erledigt.«

Nachdem Fine gegangen ist, schließe ich die Augen und wende mein Gesicht der untergehenden Sonne zu. Es tut so gut, sie auf der Haut zu spüren. »Ach, Mia, es ist echt so toll, hier zu sein«, schwärme ich. »Und alle sind so nett, da fühlt man sich gleich richtig wohl.«

Mia lächelt. »Ja, ich kann mich ebenfalls nicht beschweren. Ich habe mich sehr gut eingelebt. Wer hätte das gedacht, als ich damals hier ankam. Und dass ich nun wirklich meinen Traum lebe …«

»Das stimmt«, sage ich. »Ich erinnere mich noch gut daran, als du mir berichtet hast, wie gemein Bene zu dir war.«

Sie lacht und legt den Kopf schief. »Oh ja, ich sage es dir, wenn ich daran denke … heftig. Und jetzt bin ich so glücklich. Aber nun erzähl, wie geht es dir, mal abgesehen von der Sache mit Martin und Anne-gret? Alles okay?«

»Gerade weiß ich es nicht so recht. Ich will jetzt einfach nur die Insel kennenlernen und genießen, mal wieder das Gefühl haben, lebendig zu sein.« Ich seufze, weil es genau das ist, was mir wirklich fehlt.

Fine kommt und stellt die Cocktails sowie eine Platte mit Häppchen vor uns ab. »Guten Appetit und zum Wohl. Lasst es euch schmecken.«

»Danke schön, das sieht alles echt lecker aus«, lo-be ich sie, während Mia ihr lächelnd zunickt. »Wo waren wir stehen geblieben?«, fragt sie, als Fine ge-gangen ist. »Ach ja, du möchtest die Insel genießen, dich lebendig fühlen. Mir tut das so leid, Katha.«

»Schon gut.«

»Nein, ist es nicht. Was dir passiert ist, ist einfach nur schrecklich. Wie konnte dieser Kerl dir sagen, dass du als Fotografin nicht gut bist. Ich hoffe, er wird dafür so richtig vom Schicksal bestraft.«

Ich winke ab. »Sicher nicht. So was passiert nur in kitschigen Filmen oder Büchern. Das echte Leben ist nicht so.«

»Glaubst du das wirklich?«

Ich zucke mit den Schultern.

»Weißt du was? Ich glaube daran, für dich. Und soll ich dir was sagen? Du musst nur wieder an dich glauben, daran werden wir arbeiten.« Mit einem Mal sieht sie mich verschwörerisch an.

»Was ist los? Raus mit der Sprache.«

»Okay, meine Mama hat dir die Karten gelegt.«

»Ach, Mia …«

Sie grinst. Mias Mutter hat nämlich seit geraumer Zeit das Kartenlegen für sich entdeckt, weil ihr wohl eine Wahrsagerin auf der Kirmes mal erzählt hat, dass sie in ihrem früheren Leben eine Zauberin oder so was Ähnliches gewesen sei.

»Und, was haben die Karten gesagt?«

»Dass nach dem Fall ein noch höherer Flug kommt. Sie sieht dich fliegen.«

»Aha.« Ich kneife die Augen zusammen. »Und sonst noch was?«

»Jap, du sollst nach einem Seestern Ausschau halten.«

»Das hat sie nicht gesagt! So ein Unsinn.«

»Ich schwöre es dir. Klar klingt es verrückt. Aber bei mir meinte sie damals, ich soll mich vor Möwen in Acht nehmen, und es hat gestimmt. Du erinnerst dich? Die Möwe, die mein Fischbrötchen geklaut hat, und dann noch das Möwenmädchen, das Bene angebaggert hat.«

»Schon, aber das ist … nein!«

»Verrückt, ja.« Lachend hebt Mia ihr Cocktailglas. »Wie auch immer, darauf trinken wir. Auf die Insel, auf einen Tapetenwechsel, auf das Schicksal und vielleicht einen Seestern, der auf dich wartet.«

Unsere Gläser klirren aneinander.

»Mmmh, das schmeckt unglaublich lecker«, sage ich, nachdem ich einen Schluck gekostet habe. »Blumig, würzig … frisch.«

»Ja, oder? Haben Bene und ich zusammengemixt. Für die Sylter Nacht. Kaum zu glauben, wie viel Zeit seitdem schon wieder vergangen ist.«

»Ihr liebt euch sehr, oder?«

»Ja. Für mich war es das Beste, was mir passieren konnte, mich hier auf Sylt zu bewerben. Auf dieser Insel ist einfach alles möglich.«

»Ja? Auf Sylt ist alles möglich?«

»Das sagt man so – oder vielmehr sage ich das so. Ich bin mir jedenfalls sicher, dass es dir guttun wird. So wie das hier auch.«

Sie schiebt die Platte mit den Häppchen in meine Richtung, und ich nehme mir ein Stück Baguette, das mit einer Scheibe Räucherlachs belegt und mit einer rötlichen Creme garniert ist. Mit leicht geschlossenen Augen genieße ich den würzigen Geschmack des Fisches in Verbindung mit dem feinen Aroma der Frischkäsecreme. Himmlisch – daran könnte ich mich wirklich gewöhnen.

Mia greift ebenfalls nach einem Häppchen, nimmt einen Bissen und spricht dann schon weiter. »Ich will es nicht wieder sagen, doch ich hatte das Gefühl, dass du dich aufgegeben hast. Deswegen auch die Sache mit Martin. Als ob du wolltest, dass andere für dich entscheiden. Ich weiß ja, was passiert ist, und deswegen hat es noch mehr geschmerzt, zu spüren, wie unglücklich du bist und …«

»Schon, aber heute will ich nicht mehr daran denken. Ich bin jetzt hier, und du weißt, ich muss nach einem Seestern Ausschau halten.«

»Ja, allerdings.« Aufmunternd drückt sie meine Hand. »Das Fest wird sicher gut. Wir betreiben dort eine kleine Barbude, für die wir aber eine Aushilfe engagiert haben, damit wir selbst mitfeiern können.

Bene ist natürlich mit dabei, Fine ebenfalls. Und Jan, Fines Freund, den wirst du sicher auch mögen.«

»Klingt gut, ich bin gespannt.«

»Du wirst sehen, das wird schon alles. Im Leben hat alles seinen Sinn.« Mia grinst. »Tut mir leid, ich darf mir nicht so oft die Videos von *Motivationsmandy* auf Instagram ansehen. Ich merke ja selbst, wie das abfärbt.«

»Wie geht es denn ihr und Manuel?«, will ich wissen.

Manuel ist ein Freund von Mia, den sie noch aus Nürnberg kennt.

»Sehr gut. Sie haben ja im Frühling hier geheiratet, und seitdem leben sie glücklich und zufrieden.«

»Jaja, das Happy End.« Ich seufze leise.

»Ach, Katha, was soll ich sagen? Ganz ehrlich, wenn ich könnte, würde ich mit den Fingern schnippen und dafür sorgen, dass sich alles, was dich gerade beschäftigt, in Luft auflöst. Doch du kannst es zumindest ausblenden und das Positive sehen. Und einfach mal abwarten, was passiert.«

»Das klingt gut.«

Sie hebt ihr Cocktailglas erneut in die Höhe. »Trinken wir diesmal auf den Moment, ja? Darauf, dass es Schicksal ist, dass du hier bist. Ich bin gespannt, was es für dich geplant hat.«

Ich schüttele gespielt vorwurfsvoll den Kopf. »Was du immer mit dem Schicksal hast. Ich glaube, du schaust echt zu viel bei dieser *Motivationsmandy* rein.« Wir stoßen unsere Gläser aneinander.

Mia sieht mich mit einem Mal aufgeregt an. »Ich muss dir übrigens etwas erzählen.«

Fragend mustere ich sie. Ich kenne Mia und bin wirklich gespannt, was sie mir nun sagen wird.

»Okay, schieß los. Das klingt nach spannenden Neuigkeiten.«

Sie räuspert sich mehrmals. »Ich weiß, das ist jetzt nicht ganz so passend, aber ...« Dann hält sie mir ihre Hand hin, und ich falle fast vom Stuhl, als ich den funkelnden Ring entdecke.

»Nein! Hat Bene dir einen Antrag gemacht?«, platzt es aus mir heraus.

Mia strahlt mich an. »Ja, es war sehr romantisch. Gut, irgendwie auch chaotisch, aber dennoch romantisch.«

»Erzähl, wie hat er es gemacht?«

»Okay, pass auf. Wir waren am Strand spazieren, und Bene hatte diesen großen Plan, mir einen romantischen Antrag zu machen. Er hatte sich alles genau überlegt. Ich wusste natürlich von nichts.« Ich lehne mich gespannt vor, und Mia setzt ihre Erzählung fort. »Wir liefen Hand in Hand am Wasser entlang, als plötzlich eine Möwe in der Nähe landete. Es war ein magischer Moment, die Sonne glitzerte auf dem Meer, und wir fühlten uns wie die einzigen Menschen auf der ganzen Insel.« Sie lächelt verträumt. »Und dann ... Bene blickte mir tief in die Augen und hielt mich fest. Schon holte er tief Luft und begann, die schönsten Worte zu sagen, die ich je gehört habe. Er erklärte mir, wie sehr er mich liebt und sich ein gemeinsames Leben mit mir wünscht. Dass ich sein

Zucker im Kaffee sei und so. Es war so romantisch, und ich konnte kaum glauben, dass es in diesem Moment wirklich passiert. Aber dann ... Du weißt ja, die Möwen und ich – wir haben so eine besondere Geschichte.«

Ich lache. »Oh ja, das habt ihr. Und du hast es mit den Möwen.«

»Jedenfalls durchkreuzte plötzlich diese freche Möwe unsere Idylle. Sie flog direkt auf uns zu, landete nur wenige Meter von uns entfernt und klaute tatsächlich den Verlobungsring, den Bene mir gerade anstecken wollte.« Die letzten Worte gehen beinahe in Mias lautem Kichern unter.

»Nicht dein Ernst?«

»Doch!«

Ich kann mir das ganze Szenario lebhaft vorstellen und pruste ebenfalls los. »Und, wie habt ihr den Ring zurückbekommen?«, frage ich neugierig, als wir uns ein wenig beruhigt haben.

»Nun, Bene und ich sahen uns an und wussten, dass wir den Ring unbedingt wiederhaben wollten. Also begann eine waghalsige Verfolgungsjagd zwischen Bene und der Möwe. Er rannte ihr hinterher, während die Möwe sich elegant in der Luft drehte und immer wieder ausweichen konnte. Es war ein wildes Katz-und-Maus-Spiel, das sage ich dir.«

»Und dann?«, frage ich gespannt.

»Irgendwann ließ die Möwe den Ring doch fallen. Bene reagierte blitzschnell und konnte ihn zum Glück auffangen. Es war wie eine Szene aus einem verrückten Film.«

»Stimmt, das ist echt verrückt«, pflichte ich ihr bei. »Das hätte ich gern auf ein paar Fotos festgehalten.«

»Oh ja, jetzt wo du es sagst …« Mia strahlt und drückt meine Hand. »Weißt du, worüber ich mich freue? Dass du das eben gesagt hast. Das heißt, du hast sie noch in dir, diese Sehnsucht. Ich wusste es.«

»Ja, vermutlich«, antworte ich nachdenklich und betrachte den Ring erneut. »Wirklich, ich freue mich sehr für euch, dass ihr euch gefunden habt und all das. Liebe ist schon was Schönes.«

Mia lächelt. »Danke, das bedeutet mir sehr viel. Und ja, das ist sie. Tatti ist auch fast vom Stuhl gefallen, als sie es gehört hat. Ich hatte schon Angst, dass ich vorzeitige Wehen bei ihr auslöse. Sie ist Fines Freundin, und wir verstehen uns auch sehr gut, seit sie mit ihr hier auf der Insel war.«

»Stimmt, du hast mir davon erzählt. Wie geht es ihr und dem kleinen Wattwurm?«

»Bisher alles gut. Der Wattwurm wächst und gedeiht und tritt ganz schön heftig. Tatti genießt ihre Schwangerschaft in vollen Zügen.«

Ich atme tief durch. »Das ist schön. Ob ich jemals glücklich werde? So wie ihr alle? Gerade glaube ich nicht mehr wirklich daran«, kommt es mit einem Mal ungewollt über meine Lippen, auch wenn ich mich für alle freue.

Mia winkt ab. »Das Glück kommt, wenn du es selbst spürst, wenn du weißt, was du willst. Wenn du die Zukunft sehen kannst.«

»Oh, die habe ich gesehen, und das war nichts für mich. Schon heftig, oder? Alles, was ich mir gewünscht hatte, ist ganz anders gekommen. Ich war so motiviert, als ich nach Nürnberg kam, und dann ging alles schief.«

»Schon«, antwortet Mia. »Aber ich bin mir sicher, wenn du jetzt mal den Kopf etwas frei bekommst, ist alles halb so wild, und du wirst erkennen, was du wirklich willst und dass alles schon irgendwie seinen Sinn hat.«

Ich nicke. »Weißt du was? Ich lasse mich jetzt einfach mal leiten. Anscheinend wollte das Schicksal ja, dass ich herkomme.«

»Das ist die richtige Einstellung.« Sie reckt den Daumen nach oben.

»Und mal ehrlich, wann habe ich zum letzten Mal etwas Verrücktes gemacht? Ich weiß es gar nicht mehr. Vielleicht sollte ich hier mal wieder damit beginnen.«

»Okay, da ist sie wieder, meine Katha.«

»Vor allem sollte ich nicht so viel trinken.« Grinsend nehme ich einen weiteren Schluck von meinem Cocktail.

Als ich das Glas absetze, kommt Fine zu uns an den Tisch. »Hey, wollt ihr noch etwas, bevor es losgeht?«

»Also, einen Cocktail würde ich noch nehmen«, antworte ich. »Und eines dieser Häppchen – ich glaube, ich habe auch schon lange nicht mehr so etwas Leckeres gegessen.« Zumindest kommt es mir in diesem Moment so vor.

»Dann nehme ich auch noch ein Glas«, schließt Mia sich mir an. »Wenn du willst, setz dich doch zu uns, Fine. Jan wird auch bald kommen, oder? Wir reden gerade darüber, was Katha hier alles machen könnte. Verrückte Dinge. Dabei waren wir doch gerade, oder?«

Ich lache. »Ja, absolut.«

»Eventuell hast du ja ein paar Ideen«, sagt Mia und zwinkert Fine zu. »Ich meine, du bist doch die Spezialistin für verrückte Sachen. Wie hast du es genannt? Sommerträume?«

Fine grinst. »Okay, ich hole noch eine Runde Cocktails, dann komme ich zu euch. Drinnen ist so weit alles erledigt.«

»Sie ist die Sommertraum-Spezialistin?«, frage ich, nachdem Fine im Inneren des Cafés verschwunden ist.

Mia kichert. »Ja. Als Fine sich hier beworben hat, hatte sie einige Sommerträume im Gepäck, die sie umsetzen wollte. Am Ende ist jedoch alles etwas anders gekommen. Wobei wir wieder beim Schicksal wären, das sie nackt am Strand gefunden hat. Was aber so sein sollte.«

»Bitte was?«

»Das muss sie dir erzählen. Auf alle Fälle hat sie ja nun Jan.«

»Das heißt, sie hat sich in ihn verliebt?«

»Oh ja, und zwar ganz schön heftig.«

Fine kommt zu uns an den Tisch zurück und stellt die Cocktails ab. Für sich selbst hat sie auch einen dabei. »So, Mädels, dann trinken wir auf einen schönen Abend, ja?«

Wir heben die Gläser und stoßen sie aneinander.

»Also, du willst was Verrücktes machen?«, fragt mich Fine, doch ich winke ab.

»Ach, das war nur so dahingesagt. Aber hättest du denn zufällig einen Vorschlag?«

»Ja, also … vielleicht nackt baden?«, schlägt sie vor und sieht mich verschwörerisch an.

Ich lache. »Das habe ich tatsächlich noch nicht gemacht. Und du? Du hast da so einen Blick …«

»Ich schon, aber es war gar nicht mal so toll.«

»Ach, Mia sagte gerade, das Schicksal hätte dich nackt am Strand gefunden. Hat das damit was zu tun?«

Fine kichert leise, dann stupst sie Mia in die Seite. »Also wirklich, du hast es schon erzählt?«

»Nein, nicht direkt. Aber die Geschichte ist so lustig, komm erzähl sie bitte. Katha braucht nach dem, was ihr passiert ist, ein bisschen Aufheiterung.«

Fine räuspert sich. »Also schön. Ich bin vor ein paar Monaten auf die Insel gekommen, zusammen mit meiner besten Freundin Tatti. Wobei mich mein Herz hergeführt hat.«

»Dein Herz?«, hake ich nach.

»Ja, ich hatte schon immer den Traum, am Meer zu leben, und mein Herz hat mich nach Sylt geführt. Tatsächlich habe ich auf einer Seite …«

»*Tapetenwechsel*«, ergänzt Mia, und Fine nickt.

»Genau. Auf dieser Seite habe ich meinen Finger über die Küstenorte wandern lassen, mit geschlossenen Augen versteht sich. Dadurch bin ich auf Sylt gekommen.«

»Klingt spannend. Und dann hast du dich hier beworben?«

»Ja, ich war wirklich gespannt, hatte mir viel vorgenommen. Die Sommerträume und so. Die Dinge sind dann allerdings etwas anders gelaufen, aber eigentlich genau so, wie sie laufen sollten. Das habe ich jedoch erst im Nachhinein erkannt.«

Schließlich erzählt Fine, was ihr in dieser Zeit alles passiert ist. Dass sie nach einem Reinfall bei einem Date nackt am Strand auf Jan stieß.

»Ob es Schicksal war?«, überlegt sie. »Keine Ahnung, aber ich denke, es sollte auf alle Fälle so sein.«

»Dann glaubst du auch an das Schicksal?«, will ich wissen.

»Irgendwie schon. Weißt du, ich bin eine Romantikerin. Jedenfalls kann ich rückblickend eines sagen: Wenn man auf sein Herz hört, können die tollsten Dinge passieren. Und dich hat ja auch dein Herz hierhergeführt, oder?«

»Nun ja, allerdings wohl eher der Herzschmerz. Und ein Kirschsaftfleck auf meiner Bluse, merkwürdige Postkarten, Sylt-Deko und etwas ziemlich Schlimmes ...«

Fine sieht mich fragend an. »Etwas Schlimmes? Was denn?«

Ich beschließe, nun auch ihr zu erzählen, was passiert ist. Als ich fertig bin, starrt sie mich mit offenem Mund an. »Also das ist ... Ich weiß nicht, was ich sagen soll. Aber wenn das das Schicksal war, dann oha.«

Ich nicke. »Verrückt, oder?«

»Ehrlich gesagt ist dies das Schrägste, was ich seit Langem gehört habe.« Sie lacht auf. »Aber sei froh, dass du ihn los bist.«

Mia nickt zustimmend und hebt ihr Glas. »Auf das Leben, dass du die Sache mit Martin hinter dir lassen kannst. Und auf das Schicksal, so verrückt es auch scheint.«

Unsere Gläser klirren nochmals aneinander.

»Heute Abend lassen wir es richtig krachen, ja?«, sagt Mia.

»Können wir machen«, entgegne ich. »Und das heißt?«

»Na ja, einfach mal annehmen, was sich ergibt. Tanzen, wild sein, verrückt sein.«

»Sommerträume leben«, schlägt Fine vor. »Vielleicht triffst du ja sogar eine nette Ablenkung.«

Ich winke ab. »Ich weiß nicht. Wenn, dann muss es eine sehr verrückte Ablenkung sein, von *nett* habe ich die Schnauze voll. Denn Martin war nett – und was hatte ich davon?«

Ein Mann mit blonden Haaren tritt an unseren Tisch. Er beugt sich zu Fine hinunter, und die beiden küssen sich.

»Hey«, haucht sie, und sofort wird mir warm ums Herz.

»Hallo, Jan«, begrüßt Mia ihn, dann sieht er zu mir.

»Hey, du bist Katha, Mias Cousine, oder?«

Ich nicke. »Ja, die bin ich.«

»Freut mich, dich kennenzulernen. Ich bin Jan.« Er streckt mir seine Hand entgegen, die ich annehme.

Dann holt er sich einen Stuhl und setzt sich zu uns an den Tisch. »Und, worüber habt ihr geredet? Darf ich es wissen?«

Die Mädels sehen zu mir. Ich will gerade anfangen zu erzählen, als auch Bene sich zu uns gesellt. »Na? Bereit, auf die Party zu gehen?«, fragt er.

»Davon haben wir gerade schon gesprochen«, erklärt Mia. »Katha möchte mal wieder tanzen. Also, was meint ihr, wollen wir los?«

WAS WILL DAS Schicksal?

Als wir losziehen, ist die Stimmung ausgelassen. Alle sind gut drauf, wir lachen viel und reden durcheinander. Während wir uns dem wilden Treiben am Strand nähern, dröhnt Musik aus den Boxen, die gefühlt nicht nur die Hörnumer anlockt, sondern die ganze Insel. Es ist wirklich so, wie Mia gesagt hat: Jeder will heute feiern und Spaß haben.

»Wow«, sage ich, als ich meinen Blick schweifen lasse. »Das hier habt ihr also mitorganisiert?«

»Na ja, so gut wie jeder hat hier eine kleine Bar, um den Abschluss der Saison zu feiern. Und alle freuen sich schon lange darauf.«

»Das merkt man.« Ich bin ganz fasziniert, wie entspannt alles wirkt. Die Musik, die Menschen, der salzige Duft des Meeres in der Nase, vermischt mit Parfüm und einem Hauch von Sonnencreme.

Bene kommt zu uns her und streicht Mia über die Wange. »Sie konnte es kaum erwarten und war schon ziemlich traurig, weil du erst nicht kommen konntest«, erklärt er mir. »Aber jetzt ist ja alles gut.«

Spontan umarme ich Mia, weil ich erst in diesem Augenblick so richtig begreife, wie wichtig es auch ihr war.

»Weißt du«, meint sie, »ich habe natürlich nicht so viel Zeit, aber es ist einfach schön, jemanden in der Nähe zu haben, den man liebhat.«

»Was ist hier los, wird gekuschelt oder gefeiert?«, ruft Fine und deutet auf die Tanzfläche, die mit bunten Lichterketten geschmückt ist. Überall sieht man fröhliche Menschen, die zur Musik, die aus den Boxen dröhnt, tanzen, und ein DJ mit Kopfhörern ist dabei, immer wieder neue Beats zu mischen.

Neben der Tanzfläche sind die verschiedenen Bars aufgebaut, an denen erfrischende Cocktails und kühle Getränke serviert werden. Die Barkeeper jonglieren mit Flaschen und mixen kunstvoll die verschiedensten Drinks. Es duftet nach frischen Früchten und exotischen Aromen, während das Klirren der Eiswürfel in den Gläsern zu hören ist. Es fühlt sich an, als würde man den Sommer noch ein letztes Mal zurückholen.

»Na, gefeiert«, antwortet Mia. »Aber vorher gehen wir zur Bar, ja?«

Kurze Zeit später stehen wir alle vor dem Barhäuschen des *Cafés mit Sylt und Zucker.*

»Hey. Na, wie läuft es?«, fragt Mia den jungen Kerl, der hinter dem Tresen steht und ausschenkt.

»Hey, schon ziemlich gut. Ich denke, es wird eine lange Nacht.« Er zwinkert Bene und Mia zu.

Bene streicht sich durchs Haar und hebt dann den Daumen. »Sieht so aus. Machst du uns eine Runde, Max?«

Der Barkeeper beginnt zu mixen, und nachdem er die Drinks vor uns abgestellt hat, stoßen Fine, Jan, Bene, Mia und ich an. Neugierig lasse ich meinen Blick über die Umgebung wandern. Gleich neben den Bars befindet sich der Loungebereich, von wo aus man das Geschehen auf bequemen Sofas oder Liegestühlen beobachten kann, während man den Sand unter den Füßen spürt und das Rauschen der Wellen im Hintergrund hört.

Es sind viele Leute da, die Musik ist gut, die Tanzfläche schon ziemlich gefüllt, und ich bekomme ebenfalls Lust zu tanzen.

»Mädels, wollen wir dann auch auf die Tanzfläche?«, fragt Fine uns gerade jetzt, als hätte sie meine Gedanken erraten.

Und so befinden wir Mädels uns wenig später im Sand und bewegen uns zur Musik. Es ist laut, und erneut atme ich die Mischung aus salziger Luft, Parfüm, Sonnencreme und Leben ein. Es tut so gut, und ich genieße es einfach.

Als der DJ einen bekannten Song anspielt, beginnen alle, laut zu jubeln. Zum Glück passen die Jungs auf die Getränke auf, denn die Musik treibt uns an, sodass ich irgendwann ganz außer Atem bin, weil wir so wilde Drehungen vollführen. Einfach so, ohne weiter darüber nachzudenken.

So geht das noch ein paar Songs weiter, bis mir in der Menge nicht weit von mir entfernt ein junger Mann auffällt, der sich mit einem anderen Typ unterhält. Er hat blonde Haare und, wie ich schon auf den ersten Blick erkennen kann, unfassbar anziehende Lippen, die er nun zu einem Lächeln verzieht. Mit seinem schlichten weißen Shirt, einer beigefarbenen kurzen Hose und Sneakers wirkt er ausnehmend sportlich. Aber das ist es nicht – irgendwie ist sein Gesicht interessant. Sehr interessant. Kantig, männlich. Und seine Augen, diese Form … Das gibt es doch nicht. Erst jetzt erkenne ich, dass sein Shirt nicht einfach nur schlicht und weiß ist. Nein, auf seiner Brust prangt unübersehbar ein aufgedruckter Seestern.

Ein Seestern!

»Ich muss was trinken. Wollen wir wieder an die Bar?«, fragt Mia und reißt mich damit aus meinen Gedanken.

»Ähm, klar.« Ich löse meinen Blick von dem Mann und folge Mia und Fine zu den Jungs. So ein Unsinn. Gut, Mias Mama hat in ihren Karten gelesen, dass ich nach einem Seestern Ausschau halten soll. Das heißt aber noch lange nicht, dass damit dieser Kerl gemeint war. Oh Mann, ist das albern. Dennoch war das Gefühl, als ich ihn gesehen habe, schon intensiv.

»Das macht so Spaß«, sagt Fine und drückt Jan einen Kuss auf die Lippen.

Mia nickt. »Ja, die Musik ist super.«

Wir greifen nach unseren Cocktails, auf die die Jungs aufgepasst haben, und als ich einen Schluck aus meinem Glas nehme, fängt mein Blick erneut den jungen Mann mit dem Seestern auf der Brust ein. Hastig stelle ich das Glas auf dem Tresen ab. Ich habe keine Ahnung, was da gerade mit mir passiert, jedenfalls kann ich dieses Gefühl, das er in mir auslöst, nicht leugnen. Irgendetwas an ihm zieht mich an.

»Da ist aber jemand abgelenkt«, sagt Mia neben mir und stupst mich in die Seite. Ich zucke zusammen.

»Ja, tut mir leid«, gebe ich zu.

»Was ist los?«

»Ehrlich gesagt … ich glaube, du hast mir da einen Floh ins Ohr gesetzt. Denn ich habe gerade einen Kerl entdeckt, der echt gut aussieht und ein Shirt mit einem Seestern trägt.«

»Ist nicht wahr.« Aufgeregt blickt sie sich um. »Sag schon, wo ist er?«

»Siehst du den Kerl mit dem weißen Shirt und dem Bier in der Hand, da drüben an der Bude?«

Mia blickt sich weiter um. Nach kurzer Zeit hält sie inne. »Du meinst den Blonden?« Ich nicke. Sofort weiten sich ihre Augen, und sie schüttelt energisch den Kopf. »Ich sage es dir, vergiss den, aber so was von schnell. Der ist zu verrückt. Nein, nein, nein!«

Verwundert sehe ich sie an, doch ehe ich fragen kann, was sie damit meint, zupft Mia an Fines Shirt. »Fine, wir müssen sofort etwas tun, bevor Katha verrückt genug ist, um in die Fänge des Seesternjägers zu geraten!«, ruft sie ihr über das Wummern des Basses hinweg zu.

Ich hebe lachend eine Augenbraue. »Bitte was? Der Seesternjäger?« Jetzt bin ich neugierig. Was ist denn hier los?

Doch statt mir zu erklären, was es damit auf sich hat, gibt mir Fine eine genauso rätselhafte Antwort wie Mia zuvor. »Oh nein, Katha, du hast ein Auge auf den geworfen?« Sie schüttelt ebenfalls den Kopf. »Mia hat Recht, vergiss ihn ganz schnell.«

Meine Neugier ist nun noch mehr geweckt. »Was ist denn mit dem?«, hake ich nach. »Er sieht auf alle Fälle interessant aus.«

»Ja, das tut er, aber er ist eben der Seesternjäger!«

Ich verstehe nach wie vor überhaupt nichts. »Okay, stopp, stopp. Das müsst ihr mir jetzt mal erklären. Was ist bitte ein Seesternjäger? Ist das sein Beruf oder was?«

Doch anstatt mich endlich aufzuklären, wendet Fine sich der Bar zu und kommt nach wenigen Augenblicken mit drei Kurzen zurück. »Moment, erst mal trinken wir! Glaub mir, das wirst du brauchen.« Sie reicht eines der Gläschen Mia, eines mir, das dritte behält sie selbst.

Als wir angestoßen haben und der Schnaps meine Kehle hinabrinnt, hole ich tief Luft. »Wow, was ist das denn?«

»Das ist Heckenrosengeist.« Mia lacht, und ich schmecke jetzt auch die blumige Note. »Der hat es in sich.«

Fine grinst. »So wie die Geschichte. Also pass auf. Der Typ da ist Matti aka der Seesternjäger. Du erinnerst dich, dass ich vorhin von meinem Reinfall bei

einem Date erzählt habe? Er war das schlechte Date – wobei *schlecht* noch untertrieben ist. Der Kerl ist einfach dreist. Ein Frauenheld, wie er im Buche steht.«

»Oh, okay«, antworte ich zögernd. »Und das heißt was?«

»Bevor ich nach Sylt kam, hatte ich getindert und tatsächlich ein Match mit ihm gehabt. Ich gebe dir recht, er ist heiß und wirklich sehr anziehend. Und ich war auch etwas verblendet, er hat mich *Seestern* genannt, das war so romantisch ...«

»Was? Seestern? Romantisch?« Ungläubig sehe ich sie an.

»Ja, Seestern.« Fine kichert. »Ich weiß, es klingt blöd, aber ich fand das eben romantisch. Jedenfalls, als ich dann hier ankam, haben wir uns für den Abend verabredet.«

»Und er war dann also dieses schlechte Date?«

»Ja. Ich dachte, es wäre super romantisch, sich mal am Strand zu küssen und so – auch wegen meiner Sommerträume. Und er hatte ja dauernd geschrieben, dass er mit mir am Strand sitzen will und so.«

Ich schaue erneut zu ihm, und tatsächlich sieht er nun auch in unsere Richtung. Als sich unsere Blicke treffen, lächelt er mir zu.

»Um auf die Sache mit dem Seestern zurückzukommen«, sagt Fine, »ich habe herausgefunden, dass ich nicht der einzige Seestern war. An dem Tag, als wir verabredet waren, hatte er auch noch ein Date mit einem anderen Mädchen, das er ebenfalls *Seestern* nannte. Und dem nicht genug: Ich musste feststellen, dass er jedes Mädchen *Seestern* nennt. Das war seine Masche, weswegen er der Seesternjäger ist. Und er hat einige Seesterne gejagt, das kannst du mir glauben.«

»Ein richtiger Aufreißer also«, pflichtet Mia ihr bei und sieht mich warnend an. »Seine Quittung hat er dann aber schon noch bekommen in diesem Sommer.«

»Ehrlich? Inwiefern?«

»Na ja, du musst wissen, er ist Surflehrer. Und einer seiner Seesterne hat ihn wohl so blöd vom Surfbrett geschubst, dass er sich den Arm angebrochen hat. Nichts Schlimmes, aber es hat gereicht, dass er nicht an der Meisterschaft hier auf der Insel teilnehmen konnte. Also Finger weg von ihm«, fasst Fine zusammen.

Vermutlich haben die beiden Recht, überlege ich, und ich sollte auch nicht mehr dauernd zu ihm hinsehen. Doch irgendwas an ihm löst ein Kribbeln in meinem Bauch aus. Ein Kribbeln, das ich lange vermisst habe. Und dann wäre da ja noch etwas …

»Oh Mann, zu schade«, sage ich und füge dennoch hinzu, was ich gerade denke. »Ihr haltet mich jetzt vielleicht für verrückt, aber sagte deine Mama nicht, ich soll nach einem Seestern Ausschau halten? Kann das wirklich Zufall sein?«

Mia winkt ab. »Also, das kann sie nicht gemeint haben.«

Jedenfalls ist das Ganze echt merkwürdig. Allein schon, dass er mir so ins Auge gestochen ist und diese Gefühle in mir auslöst – und dann auch noch das Shirt und die Tatsache, dass er ein Seesternjäger ist … Ohne dass ich lange darüber nachdenke, wandern meine Augen erneut zu ihm, gleiten über sein weißes Shirt, das sich leicht um seine Brust spannt. Dann dieser Seestern … Verrückt. Ja, irgendwas an ihm zieht mich an, aber nicht nur sein Körper. Es ist mehr sein Gesicht, dieser Blick, als ob da mehr wäre.

Mia hat wohl bemerkt, dass ich ihn wieder angestarrt habe. »Katha, ernsthaft, lass die Finger von ihm«, ermahnt sie mich eindringlich. »Glaub mir, der Kerl hat es echt in sich.«

Und Fine fügt hinzu: »Ja, er hat gar keine Skrupel. Stell dir vor, nachdem er aufgeflogen war, hat er mir trotzdem noch geschrieben und gefragt, ob ich nicht doch mit ihm rummachen will.«

Ich lache. »Echt, das hat er gemacht?« Erneut sehe ich zu ihm und bin noch immer ganz eingenommen von diesem Gefühl. Als sich unsere Blicke nun erneut treffen, verziehen sich seine Lippen abermals zu einem Lächeln.

»Oh Mann, der flirtet schon sehr offensichtlich mit dir.« Mia stemmt die Hände in die Hüften.

»Ach was, das bildest du dir wahrscheinlich nur ein. Und im Endeffekt ist es auch egal. Ihr habt Recht, das ist zu verrückt. Ich darf mich da jetzt nicht verwirren lassen.« Ich winke ab und frage stattdessen schnell: »So, was machen wir jetzt? Tanzen?«

Fine nickt. »Können wir … Oh nein«, ruft sie auf einmal. »Der kommt ja echt zu uns her!«

Ehe Mia oder ich etwas dazu sagen können, steht er schon vor uns. »Hey Mädels, ich dachte, wenn ihr schon dauernd zu mir guckt und ich anscheinend euer Gesprächsthema bin, komm ich doch mal rüber.«

Fine verdreht die Augen, und Mia schüttelt leicht den Kopf, während er nun direkt mich ansieht. »Hey.« Das kräftige Blau seiner Augen trifft mich.

»Matti, Matti, so wichtig bist du auch wieder nicht«, sagt Fine.

»Nicht?« Er grinst. »Warum schaut ihr dann dauernd zu mir?«

»Weil du so ein schönes Shirt mit einem Seestern anhast. Soll das ein Scherz sein?«, fragt Mia.

»Und weil du ein absolutes No-Go bist, wenn du es genau wissen willst«, fügt Fine wie aus der Pistole geschossen hinzu.

Er lacht. »Ach ja?«

»Ja, und wir haben zu Katha gesagt, dass du vermutlich wieder auf Seesternjagd bist und dass man nicht so dumm sein sollte, sich mit dir einzulassen, auch wenn man den Drang verspürt, etwas Verrücktes oder Dummes zu tun.«

Oh mein Gott, haben die beiden das jetzt echt gesagt? Das ist ja mal absolut peinlich. Nicht so peinlich wie die Frage nach meinem Eisprung, aber dennoch.

Aber er grinst nur wieder und blickt erneut zu mir. »Also, wenn ich das dann richtig verstehe, verspürst du den Drang, was Dummes oder Verrücktes zu tun, Katha?« Ich winke ab, doch er zwinkert mir zu. »Zu schade, denn wenn das so ist, bin ich genau der Richtige dafür.«

Jetzt muss ich tatsächlich lächeln. »Ach ja? Und warum bist du dafür der Richtige?«

Er neigt den Kopf ein wenig zur Seite. »Weil ich anders bin als die anderen. Und weil es mit mir nie langweilig wird.«

»Da hat er allerdings Recht«, bemerkt Mia.

Während er weiter selbstsicher grinst, beiße ich mir auf die Lippen. Mia rollt mit den Augen, Fine ebenfalls. Irgendwie finde ich das Ganze schon amüsant und aufregend. Und auch wenn es bescheuert ist, muss ich dennoch an das denken, was Mias Mutter gesagt hat. Sollte ich dem auf den Grund gehen? Ist Matti vielleicht der Seestern, nach dem ich Ausschau halten soll? Oh Mann, so ein Unfug.

In diesem Moment gesellen sich Jan und Bene zu uns. »Na, jetzt ist die ganze Café-Crew vollständig«, meint Matti und nickt den beiden zu.

»Hey, alles klar? Was ist los?«, will Bene wissen.

»Matti.« Mia deutet mit dem Kopf auf ihn. »Er ist los.«

»Oh, oh, Seesternalarm.« Jan grinst. »Wie geht es dem Arm?«, fragt er nun Matti. Seine Worte klingen ein wenig provokant, zumindest kommt es mir so vor.

Und ich habe mich nicht getäuscht, denn dieser verzieht kurz das Gesicht. »Wieder gut, aber danke der Nachfrage. Ich wusste gar nicht, dass du so besorgt um mich bist.«

Jan fixiert Matti mit seinem Blick. »Ja klar, ich war wirklich sehr besorgt. Und tut mir echt leid wegen der Meisterschaft. Ist ja dumm gelaufen.«

Mit einem Mal wirkt Mattis Lächeln nicht mehr ganz so cool. »Passiert ist passiert«, sagt er nur und wendet sich dann wieder mir zu. »Was meinst du? Willst du was trinken?«

Ich sehe fragend zu den anderen. Keine Ahnung, was ich nun tun soll. Irgendwie möchte ich schon – und irgendwie auch nicht. Weil die Spannung wirklich extrem spürbar ist. Jedenfalls finde ich Matti interessant. Ich habe so ein Gefühl, dass es sich lohnen könnte, mich mal mit ihm zu unterhalten.

Ich atme tief durch, antworte jedoch: »Danke, aber lass mal, ich will jetzt wieder tanzen.«

Er nickt. »Zu schade.«

Ich winke ihm zu, dann wenden wir uns alle ab und gehen zur Tanzfläche.

»Der ist echt so unverschämt«, meint Fine, als wir außer Hörweite sind. Man merkt sehr wohl, dass sie Matti nicht leiden kann.

»Schon, aber er hat zumindest ein gutes Selbstbewusstsein«, entgegne ich.

»Wir lassen uns von ihm nicht den Abend verderben und auf blöde Gedanken bringen. Nicht wahr, Katha?«, fragt Mia und mustert mich noch immer ernst.

Dann tanzen wir alle für eine Weile, und doch kann ich es nicht lassen, immer mal wieder zu Matti zu sehen. Und ich stelle fest, dass auch er meinen Blick sucht.

Irgendwann steht Mia neben mir. »Oh Mann, das ist ja nicht auszuhalten«, sagt sie. »Na, dann geh schon.«

Ich sehe sie fragend an. »Was meinst du?«

»Du bist neugierig, ich kenne dich. Dauernd schaust du zu ihm hin. Hätte ich doch bloß nichts gesagt wegen des Seesterns.« Sie lächelt leicht.

»Er ist mir ja vorher schon aufgefallen und … Ich weiß nicht, was das ist, aber du sagtest doch, ich soll das Schicksal nicht ignorieren. Dass es einen Plan hat. Und ganz ehrlich, nach den letzten Stunden will ich mich nicht mit ihm anlegen. Ich möchte es zumindest mal ausprobieren, auch wenn es vielleicht dumm ist.«

»Was soll ich dazu sagen?« Sie atmet aus und ein. »Also hau schon ab. Aber lass dich nicht veräppeln, hörst du? Nur weil du vielleicht das Gefühl hast, dass er vom Schicksal gesandt wurde oder so.«

»Das tue ich nicht, mach dir keine Sorgen. Ich unterhalte mich nur mit ihm.«

Sie reckt den Daumen nach oben, ehe ich mich abwende und an die Bar zu Matti gehe, der gerade auf seinem Handy herumtippt. Als ich vor ihm stehen bleibe, sieht er auf. »Also, ich würde noch einen Cocktail nehmen«, sage ich.

Seine Mundwinkel beginnen zu zucken. »Bist du dir sicher? Das gibt bestimmt Probleme.«

»Vermutlich, aber mit Problemen kenne ich mich aus.«

»Na schön. Was für einen Drink möchtest du? Etwas mit Kirsche?«

Kirsche? Das passt ja wie die Faust aufs Auge. »Meinetwegen.«

Er gibt dem Barmixer ein Zeichen, und nachdem dieser ihm den fertigen Cocktail in die Hand gedrückt hat, legt Matti den Kopf leicht schief und reicht mir das Glas. »Hier, für dich. Zum Wohl.«

Oh Mann. Ich mustere erst ihn, dann gleitet mein Blick zu Mia, Bene, Fine und Jan.

»Du kannst auch wieder zu ihnen gehen, kein Problem«, sagt er.

»Ach ja, darf ich?«, antworte ich mit einem Lächeln. »Nett von dir, aber wie gesagt, ich bleibe – erst mal. Ich bin neugierig.«

Ein paar Sekunden lang liegen Mattis Augen auf mir. »Neugierig? Stimmt, du willst ja etwas Dummes tun. An was hast du da denn gedacht?« Seine Stimme klingt jetzt hörbar tiefer und etwas rauer als zuvor.

»Mich mit dir unterhalten, obwohl mich alle warnen. Ist ja schon ziemlich dumm.« Ich zwinkere ihm zu.

»Dann schreckt es dich also gar nicht ab, was du über mich erfahren hast?«

»Hm. Du meinst, dass du alle deine Eroberungen *Seestern* nennst?«

Er lacht. »Ja, zum Beispiel das.«

Einfach so gehe ich einen Schritt auf ihn zu, lege meine Hand auf seine Brust und tippe auf den Seestern. Es passiert eher aus einem Reflex heraus, und doch kribbelt es in mir, als ich spüre, wie hart sich sein Oberkörper anfühlt. Damit habe ich nicht gerechnet. Was tue ich denn da? Wirklich, ich sollte nichts mehr trinken.

Ich nehme einen tiefen Atemzug, ehe ich zu sprechen beginne. »Ehrlich gesagt nein. Ich möchte wissen, was du dazu sagst. Aber ich muss dir auch gestehen, dass ich es nicht sonderlich kreativ finde.«

»Ach ja?«

»Nein, ganz gewiss nicht. Ich meine, Seestern, wie kommt man auf so etwas?«

»Na ja, die meisten Frauen finden es romantisch«, erklärt Matti. »Du musst nur irgendwas mit Sternen sagen, und schon hast du sie am Haken. Nur ein paar Beispiele: Sternblume, Sternanis, Sternschnuppe, Sommerstern …«

Ich muss an Fine denken. Auch sie fand das romantisch.

»Das habe ich schon mitbekommen, aber Seestern …«

Er zuckt mit den Schultern. »Keine Ahnung, wenn ich ehrlich sein soll. Aber komm schon, irgendwie ist es doch ein nettes Wort.«

»Das ist alles? Du hast es dir ausgesucht, weil es ein nettes Wort ist?«

»Vielleicht.«

»Na gut, besser als Krebschen oder Wasserteufel«, entgegne ich. »Und du und Fine, also …«

Matti winkt ab. »Nein, wir hatten nichts, das habe ich nicht hinbekommen. Ich hatte Probleme mit dem Zeitmanagement.« Wie frech er mich ansieht.

»Ach, stimmt ja, davon habe ich gehört. Du hattest dich mit zwei Seesternen gleichzeitig verabredet, nicht wahr?«

»Jap, war keine Glanzleistung, die ganze Geschichte nicht.«

»Allerdings, das war nicht sonderlich klug.«

»Na ja, kann eben mal passieren.«

»Sollte es aber nicht. Schon mal was von einem Kalender gehört? Damit sind dir sozusagen zwei Seesterne auf einmal abhandengekommen.«

»Schon richtig. Aber das Meer ist ja voller Seesterne«, gibt er zu bedenken und bringt mich damit erneut zum Schmunzeln.

»Da hast du Recht. Und ich finde es gut, dass du ehrlich bist und keinen Hehl daraus machst.«

Matti beugt sich zu mir vor. »Es ist wirklich sehr interessant, dass du das gut findest. Die meisten Frauen nehmen sofort Reißaus, wenn sie es erfahren. Aber du bist immer noch hier, was bedeutet, dass du entweder selbst verrückt bist, lebensmüde, abenteuersüchtig oder ...« Er kommt etwas näher. »Oder du brauchst Ablenkung von irgendwas anderem, das dich gerade beschäftigt.«

Kurz schlucke ich, fasse mich jedoch recht bald wieder. »Und du glaubst, ich will dich als Ablenkung?«

»Ich bin dir jedenfalls aufgefallen – und du mir auch.«

»Das bist du.« Ich sehe ihn an. »Ablenkung ist es vielleicht nicht gerade, es ist wirklich die Neugier. Und ich will mich auch nicht mit dem Schicksal anlegen.«

Er hebt eine Braue. »Mit dem Schicksal?«

»Oh ja.« Ich nehme einen Schluck von meinem Kirschcocktail.

»Und was hat das Schicksal damit zu tun? Glaubst du, es will, dass wir uns unterhalten?«

»Das weiß ich noch nicht, vielleicht.«

»Eines sage ich dir gleich: Wenn du jemanden suchst, der mit dir in Löffelchenstellung einschläft, dir die große Liebe schwört und ein Leben voller Liebe verspricht, dann bin ich absolut der Falsche. Das kann das Schicksal nicht wollen. Aber wenn du ein bisschen Spaß möchtest, Ablenkung, was Verrücktes tun, ein bisschen lachen und so …« Matti grinst.

»Und so?«, wiederhole ich.

»Ja, und so – dann bin ich für heute der Richtige.«

Ich mustere ihn. »Das nenne ich eine ehrliche Antwort! Aber was meinst du mit *für heute*?«

»Weil ich keine Ahnung habe, was morgen ist. Ich lasse mich da überraschen.«

»Das ist ehrlich.«

»Du wolltest es so, Katha. Oder war das jetzt zu viel Ehrlichkeit?«

Ich schüttele den Kopf. »Offen gestanden finde ich es perfekt. Denn auch ich bin absolut nicht auf der Suche nach der Liebe. Aber ich habe so wie du nichts gegen ein bisschen Spaß, etwas Verrücktes zu machen, ein bisschen lachen und so. Ich habe allerdings noch eine Frage, und die ist entscheidend. Also denke gut über die Antwort nach.«

Er hebt theatralisch die Hände. »Jetzt wird es aber geheimnisvoll. Was willst du denn wissen?«, fragt er neugierig, und ich sehe ihn mit einem Hauch von Verschmitztheit an.

»Okay, also … wie ist dein Verhältnis zu deiner Mutter?«

»Zu meiner Mutter?« Er wirkt sichtlich verwirrt. »Nun, ich habe keine Mutter mehr. Sie ist leider schon gestorben«, antwortet er ernst.

Ich mache ein begeistertes »Toll!«-Zeichen mit den Händen, beiße mir dann jedoch schnell auf die Lippen, als mir klar wird, wie unpassend mein Kommentar war. »Oh nein, toll ist es natürlich nicht, entschuldige bitte. Das war richtig dumm von mir, wirklich.« Ich schlucke und fühle mich ein wenig unbeholfen, doch er winkt gelassen ab.

»Ach, alles gut. Es ist lange her.«

Es dauert einen Moment, bis ich meine Fassung wiedererlange. »Sorry, das tut mir sehr leid, ehrlich. Aber damit hast du dich gerade als bester Mann des Abends qualifiziert.«

Jetzt lacht Matti. »Okay, das freut mich zu hören. Und du hast dich zum interessantesten und verrücktesten Mädchen seit Langem qualifiziert, wenn ich das mal so sagen darf. Denn das macht mich neugierig. Und jetzt möchte ich etwas von dir wissen, Katha: Warum bin ich dir aufgefallen? Und was hat das Schicksal damit zu tun?«

»Nun, anscheinend ist es wie eine Möwe auf Futtersuche, sagt Mia, man darf es nicht ignorieren. Und das tue ich auch nicht. Also ...« Um ein wenig Zeit zu gewinnen, lasse ich meinen Blick an seinem Körper hinabwandern, ehe ich ihm direkt in die Augen sehe. »Um ehrlich zu sein, es war dein Gesicht. Du hast da eine besondere Anordnung, deine Augen, die Konturen ... Und ich wollte wissen, was deine Geschichte ist.«

Matti wirkt verwirrt und mustert mich intensiv. »Wow, okay, also das Schicksal, die Anordnung in meinem Gesicht ... Das habe ich auch noch nicht gehört.« Er nimmt einen Schluck von seinem Getränk. »Dann stehst du also auf Gesichter?«, fragt er mit einer solch verschwörerischen Miene, dass ich beschließe, das Spiel noch ein wenig weiterzuspielen.

»Ja, da stehe ich total drauf«, antworte ich.

»Interessant. Was gibt es noch über dich zu erfahren?«

»Was willst du denn wissen?«

»Zum Beispiel, was dich hierhergeführt hat.«

»Ah, also ... Ich habe ein Auto. Kennst du das? Da habe ich mich reingesetzt und ...«

Er lacht auf. »Ich meine, warum du nach Sylt gekommen bist.«

»Na ja, da war ein Kirschsaftfleck, ein paar Postkarten, sonstiges Drama ... Und Mia, sie ist meine Cousine.«

»Spannend. Da habe ich mir ja was angelacht. Und dann bist du auch noch mit Mia verwandt.«

»Hast du jetzt Angst?«

»Natürlich nicht. Oder ... ein bisschen vielleicht. Mia freut sich sicherlich riesig, dass wir uns gerade unterhalten«, stellt Matti mit einem Augenzwinkern fest.

»Auf alle Fälle.«

»Und was machst du sonst so, wenn du nicht hier auf der Insel bist?«

Ich ziehe gespielt die Stirn kraus. »Wird das jetzt ein Verhör? So nach dem Motto: Was arbeitest du?

Ich meine, es ist doch unwichtig, wenn es nur für heute ist, oder? Frag mich lieber was Originelles, ob ich eine geheime Superheldin bin oder so.«

»Bist du es denn?«

»Wer weiß. Deine Superkraft besteht ja wohl darin, Seesterne zu fangen.«

»Der war gut. Das stimmt allerdings. Ich überlege mir was. Was machst du gern an einem Samstagmorgen?«

»An einem Samstagmorgen?«, frage ich erstaunt. »Wie kommst du denn darauf?«

»So erfährt man mehr über einen Menschen, als wenn man wissen will, was er arbeitet.«

Ich denke kurz nach. »Na schön. Also, meistens gehe ich meinem Talent nach, einen Marathon im Ausschlafen zu gewinnen.«

»Wow, das klingt nach einer beeindruckenden Disziplin.«

»Stimmt, ich bin ein echter Meister im Faulenzen. Aber was ist mit dir? Früher Vogel?«

»Ja, ich stehe wirklich meistens früh auf«, antwortet Matti mit einem breiten Grinsen. »Und was machst du, wenn du keine Milch für deinen Kaffee hast?«, fragt er weiter.

»Durchdrehen, total durchdrehen! Die Welt steht kopf, das Universum bricht zusammen, und ich weiß nicht, ob ich jemals wieder lachen kann!« Ich werfe theatralisch die Hände in die Luft.

»Haha, das kann ich mir bildhaft vorstellen.« Das Spiel scheint ihm zu gefallen, und er wird immer spielerischer. »Okay, jetzt habe ich was richtig Kreatives: Wenn du nur ein Foto auf deinem Handy hättest, um dich vorzustellen, welches würdest du mir zeigen?«

»Ernsthaft? Ein Bild für die Ewigkeit? Aber eine schöne Idee. Moment mal.« Ich schnappe mein Handy und tue so, als würde ich intensiv in meiner Galerie suchen. »Hier ist es«, sage ich schließlich und zeige ihm eines. An dem Tag kam ich nach Nürnberg, und ich war so aufgeregt. Alles lag noch vor mir.

»Sehr schön.« Er mustert es interessiert.

»Und jetzt du«, fordere ich ihn auf.

Er zückt sein Handy, tippt kurz darauf herum und reicht es mir. Das Foto zeigt Matti am Strand, lässig und entspannt, als wäre er der König der Meeresbrise.

»Wow, der Meister der Coolness!«, rufe ich aus. »Du und dein Surfbrett. Stimmt, du bist ja Surflehrer.«

Er nickt. »Jap, Katha, und ich liebe es.«

»Weil man da so schön Seesterne fangen kann?«

»Ja, und dafür habe ich so einige Tricks auf Lager. Aber psst, ist mein Geheimnis.«

»Ein Geheimnis? Komm, verrate es mir, großer Seesternmeister. Was sind deine Tricks?« Ich lächele verführerisch, und er rollt mit den Augen.

»Also gut, aber erst reden wir über dich. Du musst mir auch ein paar deiner Geheimnisse verraten.«

»Meine Geheimnisse?«

»Jap!«

Angestrengt überlege ich. »Okay, ich esse Nutella mit Butter darunter.«

»Jetzt wird es ziemlich heftig.« Er verzieht das Gesicht. »Sonst noch was?«

Ich nicke und trete nahe an ihn heran. »Ich kann meinen Daumen ziemlich fies verbiegen. Schau mal.« Ich führe es ihm vor, und Matti klatscht in die Hände.

»Das ist auch ziemlich schockierend. Und jetzt sagst du mir gleich, dass dein Lieblingsfilm so was wie *Notting Hill* ist, was heißt, dass du doch romantisch bist.«

Ich lache. »Hey, was hast du gegen den Film? Ich liebe ihn. Außerdem habe ich nicht gesagt, dass ich nicht romantisch bin.«

»Habe ich es mir doch gedacht. Aber mal ehrlich, eine Schauspielerin, die sich in einen armen Buchhändler verliebt? Das ist so unrealistisch wie …«

»Wie der Seesternjäger-Aufreißer, der sich plötzlich als Beziehungstyp entpuppt?«

»So was in der Art.« Er grinst.

»Was ist denn dein Lieblingsfilm?«

»Sind wir jetzt also wieder bei mir?«

»Ja. Ach, ich kann es mir schon denken. Sicher so was wie *Hitch – Der Date Doktor*. Bestimmt hast du auch von ihm deine Tricks.«

Wieder lacht Matti. »Vielleicht, aber die wirst du niemals erfahren.«

»Komm schon«, fordere ich ihn auf. »Verrate mir deine Tricks. Wenigstens ein paar.«

Er seufzt. »Also gut, dann pass mal auf. Da wäre zum einen der Trick, immer einen flotten Spruch auf Lager zu haben.«

»Wusste ich es doch«, rufe ich. »Die sind nie gut.«

»Doch, warte mal ab. Achtung.« Er wendet sich kurz von mir ab, um mich dann wieder anzusehen. »Entschuldigung, ich glaube, du hast da etwas im Auge«, sagt er und beugt sich zu mir vor.

Ich kann nicht anders und muss grinsen. »Ach ja?«

Matti nickt erst, korrigiert sich dann aber: »Nein, warte, das ist nur ein Funkeln, das von meiner Bewunderung für dich kommt!«

Ich verdrehe die Augen. »Nein, bitte nicht. Ist das dein Ernst? Dieser Spruch hat schon mal funktioniert?«

»Oh ja, der und viele andere auch.«

»Das ist gruselig.«

»So, jetzt kennen wir unsere tiefsten Geheimnisse. Zumindest ein paar davon. Und was nun, Katha?«

»Wow, du nennst mich die ganze Zeit beim richtigen Namen. Ist das jetzt eine Ehre für mich?« Eher unbeabsichtigt sehe ich kurz zu Mia, die mich aus dem Augenwinkel beobachtet.

»Sie schauen, was wir tun«, stellt Matti fest.

»Ja, wir stehen unter totaler Beobachtung.«

»So, was interessiert dich noch?« Er nimmt einen Schluck von seinem Getränk.

Ich überlege kurz. »Was hat dich auf die Insel gebracht? Außer, als Surfer die Frauen abzuschleppen?«

»Nichts, genau das war mein Plan.« Er zwinkert mir zu.

»Ernsthaft?«

»Ja, ich meine, die Sonne scheint, das Meer ist da … Einfacher geht es doch nicht.«

»Und was war mit deinem Arm? Jan hat da was erzählt.«

Wieder sehe ich ihm an, dass dieses Thema ihn nicht kaltlässt. »Den habe ich mir leider angebrochen. Aber weißt du was? Die Frauen stehen darauf, wenn ein Mann auch mal ein bisschen hilflos ist.« Er grinst breit.

»Du lässt also wirklich nichts unversucht?«

»Ich nutze nur die Chancen, die sich mir bieten.«

»Und das heißt was?«

»Man muss immer das Beste aus allem machen. Ein blöder Spruch, der mich aber an das Meer erinnert«, sagt Matti und schmunzelt.

»An das Meer?«

»Ja, definitiv. Das Meer macht ja auch immer das Beste aus allem. Scheinbar Unangenehmes wie Treibgut oder Müll spült es ans Ufer und verwandelt es dadurch in etwas Schönes.«

»Da hast du Recht«, stimme ich ihm nachdenklich zu.

»Und wenn ich dich so ansehe …« Sein Blick verbindet sich mit meinem. »Dann bist du auch hier, um das Beste aus etwas zu machen, das dir gerade widerfahren ist. Zumindest kann ich das in deinen Augen lesen.«

»Ach ja?«

»Ja. Und noch so einiges mehr. Du hast auf alle Fälle das Meer in dir, liebe Katha!«

Hat er das wirklich gesagt? Ich muss lachen. »Wie bitte? Das Meer in mir? Okay, ist das auch einer deiner Tricks? Du bist wirklich lustig.«

»Jaja, lach nur. Aber so ist es eben. Manche Menschen tragen das Meer einfach in sich – da ist eine Tiefe voller Geheimnisse, die sich in deinen Augen spiegelt.«

Schnell winke ich ab. »Unsinn. Du veräppelst mich.«

»Wer weiß.«

Ich lasse das jetzt mal so stehen. Stattdessen wechsele ich das Thema. »Und was machst du, wenn du keinen Surfunterricht gibst? Ich meine, der Herbst schleicht sich heran, der Winter naht«, frage ich neugierig.

Er legt den Kopf schief. »Es gibt hier auf der Insel auch im Winter einiges zu tun.«

Ich weiß nicht, was das mit Matti noch wird. Jedenfalls bin ich gerade wirklich froh, dass wir dieses lockere Gespräch führen.

»Woran denkst du?«, will er prompt wissen. Er scheint meine Gedanken gelesen zu haben.

»Ich? Ach, nichts. Nur dass ich es ganz okay mit dir finde.«

Er lacht laut. »Ja, ich finde es auch ganz okay mit dir. Und vielleicht, liebe Katha, ist es ja tatsächlich Schicksal, dass wir uns begegnet sind.«

Bei seinen Worten muss ich schlucken. »Ja, wer weiß ...« Doch dann füge ich hinzu: »Die Frage ist: Warum sollte das Schicksal das wollen? Vor allem, weil du ja nur heute Zeit hast.«

»Das kann ich dir nicht sagen, aber lass es uns gern herausfinden.«

Manchmal passieren Dinge,
die wir nicht eingeplant haben,
die uns aber den richtigen
Weg zeigen, den wir ohnehin
gehen wollten.

ETWAS
verrücktes tun

Ist es wirklich Schicksal oder ein dummer Zufall, dass ich hier mit Matti stehe? Keine Ahnung, ich weiß nur, dass es so ist. Und dass es tatsächlich lustig ist, mich mit ihm zu unterhalten. Wir reden über alles Mögliche, und die Zeit verfliegt. Ab und an habe ich ein schlechtes Gewissen, weil ich doch eigentlich wegen Mia hier bin. Aber ich habe seit Langem nichts mehr für mich selbst gemacht.

»Ich muss schon sagen, Katha, ich mag es, mit dir zu reden und mehr über dich zu erfahren. Das hatte ich ewig nicht mehr. Meistens versuche ich, die Frauen schnell zum Schweigen zu bringen – wenn du verstehst, was ich meine.« Matti grinst, und ich verziehe das Gesicht.

»Hm, das irritiert mich jetzt aber, denn wenn sie bei dieser gewissen Sache, die du ansprichst, schweigen, spricht das nicht gerade für dich«, entgegne ich und bohre ihm erneut reflexartig meinen Zeigefinger in die Brust.

Matti beißt sich auf die Lippen und zuckt zusammen. »Katha, Katha, du bist echt nicht ohne. Das war im Übrigen ein Kompliment.«

Erneut spüre ich dieses Kribbeln im Bauch. Wie er meinen Namen ausspricht … Verdammt.

»Ein Kompliment? Für mich?«

»Ja, weil ich zwar, seit ich dich gesehen habe, den Drang verspüre, dich zu küssen, das Gespräch mit dir jedoch genauso interessant finde.«

Hat er das wirklich gesagt? Mit einem Mal ist die Luft um uns herum beinahe elektrisch aufgeladen.

»Die Frage ist nur: Warum ist das so? Und wird es beim Reden bleiben?« Er sieht mir ernst in die Augen, und ich muss zugeben, das ist eine gute Frage.

»Ich weiß es nicht«, antworte ich. »Aber da wir nur heute haben, wird es wohl so sein … Es hat mich auf alle Fälle gefreut, war ein sehr netter Abend. Ich werde dann mal wieder zu den anderen gehen.«

Mattis Augen weiten sich, als ich so tue, als wollte ich mich von ihm abwenden. Eigentlich möchte ich nur wissen, wie er reagiert. Und das tut er, denn plötzlich greift er nach meiner Hand und zieht mich schon im nächsten Moment zu sich heran. Unerwartet sind wir uns sehr nah, sein Duft kriecht von Neuem in meine Nase und umhüllt mich. Mein Blick wandert zu seinen Lippen, die nur noch wenige Zentimeter von meinen entfernt sind.

»Ich denke, du solltest nicht gehen«, raunt er mir zu.

»Nein?«

Er schüttelt den Kopf und lässt mich dabei nicht aus den Augen.

»Und warum?«

»Weil du dich doch nicht mit dem Schicksal anlegen willst, oder?«

Ich lache. »Und das Schicksal will, dass ich dich küsse? Oder dich mit nach Hause nehme? Wie dumm wäre das?«

Noch immer sehen wir uns intensiv an, und Matti verzieht die Lippen zu einem Lächeln. »Sehr dumm wäre das. Aber ich dachte, es ist genau das, was du willst? Was Dummes tun? Vielleicht will das Schicksal das ja auch?«

Wenn er wüsste, wie gern ich ihn küssen würde, weil er mich wirklich anzieht. Doch irgendwas hält mich davon ab. Alles spricht so offensichtlich dagegen. Das hier mit Matti ist spannend, prickelnd, jedoch sicher nicht mehr. Also warum sollte ich so dumm sein?

Die Sekunden verstreichen, und als Matti auf einmal seine Hände an meine Taille legt, fühlt es sich an wie das sanfte Streicheln der Meeresbrise auf meiner Haut.

Verdammt. Ich würde so gern erfahren, wie seine Lippen sich anfühlen. Verstohlen sehe ich zu Mia, Fine und den anderen. Sie tanzen und haben Spaß, während ich gefühlt wie ein Segelboot auf hoher See treibe. Es wäre wirklich dumm. Sehr dumm sogar.

»Ganz ehrlich?«, frage ich, weil mir mit einem Mal klar wird, was der Grund dafür sein könnte, dass ich Matti getroffen habe.

»Ja, immer ehrlich. Ich liebe dieses Spiel.«

»Gut, die Sache ist die: Ich weiß nicht, ob ich gerade mutig genug bin, um dumm zu sein«, gestehe ich und lasse meinen Blick über sein Gesicht gleiten. »Und wenn wir schon dabei sind, das ist eines meiner Geheimnisse. Ich bin gar nicht so mutig, wie du glaubst. Und die letzten Monate und Stunden in meinem Leben waren … na ja, nicht so toll und …«

Was rede ich denn da? Mein Herz klopft heftig. Als ob Matti das interessiert. Fakt ist, ich habe das ausgesprochen, was mich tatsächlich bewegt. Gerade seit dem Vorfall.

»Es liegt an dir. Aber manchmal braucht man nur ein Prozent mehr Mut als Angst, und vieles ändert sich.«

»Sprichst du aus Erfahrung?«, will ich wissen.

»Vielleicht.«

»Und das soll ich jetzt mit dir ausprobieren?«

»Ich stelle mich gern zur Verfügung. Und womöglich ist das am Ende der Grund, warum wir hier stehen. Weißt du, was ich glaube?«

»Was?«

»Dass du viel mutiger bist, als du selbst denkst.«

Er ist mir jetzt so nah, dass ich seinen Atem an meinem Ohr spüren kann. »Verdammt«, flüstere ich. »Die werden mich alle für verrückt halten. Ich halte mich ja selbst für verrückt. Denn das hier war nicht der Plan.«

»Nicht? Es kam mir aber so vor, als ob du ... na ja, schon einen hattest, als du mich gesehen hast.«

Ich ignoriere das beinahe schon brutale Pochen meines Herzens und will ein wenig zurückweichen. Doch dann überlege ich es mir anders und tue es. Denn ja, ich möchte dumm sein, verrückt sein, und ich will es einfach, jetzt und hier. Mal wieder mutig sein. Also beuge ich mich vor und lege meine Lippen auf seine. Von der einen auf die andere Sekunde verschmelzen sie miteinander. Wow. Was auch immer das ist, es fühlt sich gut an. Viel zu gut.

Die sanfte Berührung unserer Lippen wird drängender. Einfach so schlinge ich die Arme um seinen Nacken, inmitten all der Menschen um uns herum, und ich muss sagen, dass ich es liebe, etwas zu fühlen. Matti schmeckt nach Gefahr, nach etwas Verbotenem, verlockend wie etwas, das ich lange vermisst habe.

Als er sich von mir löst, sehe ich ihm in die Augen und grinse. »Okay, ich wusste nicht, dass es sich so gut anfühlt, etwas Dummes zu tun.«

»Ich auch nicht«, antwortet er. »Es war in jedem Fall mutig.«

Doch als ich mich umschaue, bemerke ich, dass die anderen wohl ganz und gar nicht dieser Meinung sind. »Mist«, sage ich nur.

Matti ist meinem Blick gefolgt. »Ich schätze, damit haben sie nicht gerechnet.«

Kurz darauf steht auch schon Mia neben mir. »Katha, kannst du bitte mal eben mitkommen?«

Ich sehe zu Matti, der nickt. »Ich laufe nicht weg, keine Sorge«, sagt er, und so folge ich Mia, die mich nun von der Bar wegzerrt.

Als wir uns weit genug von Matti entfernt haben, bleibt sie stehen und dreht mich am Arm zu sich herum. »Bitte sag mir, dass ich mir das nur eingebildet habe.« Ihre Stimme klingt mehr als ernst. »Habt ihr das gerade wirklich gemacht?«

»Also, wenn du den Kuss meinst, dann vermutlich ja.« Ich schlucke, und sie atmet tief ein und aus.

»Oh Mann, Katha. Ernsthaft, du hast doch nicht wirklich Matti geküsst? Hast du denn vorhin nicht zugehört? Was ist los mit dir? Klar war es eine echt miese Zeit für dich, und ich verstehe, dass du dich ablenken möchtest, aber … das geht doch nicht.«

Sie hat Recht, und doch hat es gutgetan. »Ja, ich weiß, es ist verrückt, jedoch … Mia, als ich ihn gesehen habe, da war etwas an ihm. Irgendwas, das mir sagte, dass ich mit ihm reden muss – unabhängig von den Karten deiner Mama. Das ist bescheuert, oder?«

»Ja, das ist es. Dieser Kerl, ich meine …« Sie stockt, und ich weiß ganz genau, was sie sagen will.

»Es stimmt, er ist ein Aufreißer, ganz offensichtlich«, antworte ich an ihrer Stelle. »Aber auch wenn es verrückt scheint, es ist genau das, was ich jetzt brauche. Ich möchte einfach Spaß haben, nicht über irgendetwas nachdenken müssen. Und wenn es nur für heute ist, egal, es tut mir gerade gut, und ich fühle mich mal wieder lebendig. Nicht so, als würde mich das Leben mit Kirschsaft bewerfen oder so. Und ich wollte ihn küssen, einfach mal mutig sein.«

Sie nickt langsam. »Okay, ich verstehe. Das klingt schon irgendwie logisch. Es war ja auch viel los bei dir.« Sie seufzt. »Wenn es dir guttut, dann ist es eben so.«

Ich sehe zu Matti, der gerade einen Schluck von seinem Cocktail nimmt. »Oder stört es Fine?«, frage ich.

Sie winkt ab. »Nein, nicht wirklich. Wir haben uns nur Gedanken gemacht. Aber wenn du das so sagst, muss ich zugeben, dass ich dich auch ein wenig verstehe. Warum solltest du keinen Spaß haben und dich ablenken dürfen? Manchmal tut das echt gut, irgendjemand zu haben, der einfach da ist, der einen gar nicht kennt.«

»Ja, genau so geht es mir jetzt. Und mal ehrlich, er ist wirklich nicht so übel.«

Mia seufzt. »Wenn das mal nicht schiefgeht.«

In diesem Augenblick kommen Fine, Jan und Bene zu uns her.

»Hey, wir wollen dann aufbrechen. Kommst du mit, Katha?«, fragt Fine.

»Also, ehrlich gesagt …« Ich schüttele den Kopf. »Ich werde noch bleiben.«

Fine sieht Mia fragend an, und diese legt ihr beruhigend die Hand auf den Arm. »Alles gut«, sagt sie zu Fine, »ich erkläre es euch gleich.« Dann nimmt sie mich in den Arm. »Also, wir sehen uns morgen. Und wenn etwas ist, dann melde dich, hörst du?«

»Danke«, flüstere ich ihr zu.

Sie räuspert sich, ehe sie zurückflüstert: »Pass auf dich auf, du Verrückte.«

Schließlich umarmen mich auch Fine und die beiden Jungs, bevor ich wieder zu Matti an die Bar gehe.

»Sie haben sich verabschiedet. Heißt das, du willst noch bleiben?«, fragt er mich.

»Ja. Verrückt, oder? Aber ich möchte nicht, dass die Nacht schon endet. Ehrlich gesagt will ich noch mutiger sein.« Erneut blicke ich auf seine Lippen, die vor ein paar Minuten erst auf meinen lagen. Ich spüre noch immer dieses Kribbeln, das sie hinterlassen haben.

»Okay, dann würde ich sagen, machen wir uns auf den Weg.«

Es ist verrückt. Unfassbar verrückt und dumm.

Als wir das Apartment erreichen, ich die Tür aufschließe und sie hinter uns ins Schloss fällt, stehen wir uns für ein paar Sekunden stumm gegenüber.

»Okay, und jetzt?«, frage ich leise.

Ohne ein Wort zu sagen, kommt Matti ganz dicht zu mir her und legt seine Lippen auf meine. Ich seufze gegen seinen Mund – weil es so guttut. Es ist zwar dumm, mehr als das, doch in diesem Augenblick will ich genau das und nichts anderes.

Irgendwann hebt er mich hoch und trägt mich zum Bett, auf das er mich ablegt. Es ist dunkel im Raum, nur leichtes Licht fällt von draußen herein. Mein Herz klopft heftig, als er sich neben mich legt.

Die unterschiedlichsten Bilder blitzen durch meinen Kopf. Mein Leben vor sechs Monaten, die Sache mit Frank Kreiner, der Kirschsaft, der mich getroffen hat, Martin und seine Mutter. Schnell versuche ich, sie zu vertreiben.

Mist. So war das nicht gedacht. Ich wollte mich doch entspannen. Ich wollte im Moment sein.

»Alles okay?«, fragt Matti.

Ich nicke. »Ja, klar.«

Er mustert mich einen Augenblick lang, dann legt er seine Hand an meine Wange und küsst mich wieder. Mattis Lippen fühlen sich gut an. Erst sind seine Küsse ganz sanft, doch dann werden sie tiefer, fordernder, und so schafft er es, die Bilder in meinem Kopf auszublenden. Zumindest kurz, denn als er sich von mir löst, um mir die Träger meines Kleides von den Schultern zu ziehen, sind sie plötzlich wieder da.

»Verdammt«, flüstere ich.

Er sucht meinen Blick. »Ist wirklich alles in Ordnung?«

»Ja, also … mach ruhig weiter.«

Er beugt sich vor und küsst meine Schulterblätter. Ich seufze, als ich seinen warmen Atem spüre, der meine Haut kitzelt. Doch mit einem Mal schüttele ich den Kopf.

»Okay, was ist los?«, fragt er.

»Was? Nein, nichts ist los, alles super. Ich … ich mag das, was du da machst mit deinen Lippen.«

Er grinst. »Ach ja? Und warum schüttelst du dann den Kopf?« Sanft drückt er mich zurück, legt sich neben mich und sieht mir fest in die Augen. »Ganz ehrlich?«

Ich nicke.

»Gut, also … Ich glaube, wir sollten es nicht tun.«

Wie bitte? Meint er das ernst?

»Ach ja? Aber ich wollte dich doch abschleppen.« Ich versuche, den Moment mit einer Prise Humor aufzulockern.

Er lacht. »Weißt du, ich kann es selbst nicht fassen, dass ich das jetzt sage. Doch ich denke, für heute warst du mutig genug.«

Vergeblich versuche ich, den Kloß in meinem Hals hinunterzuschlucken. »Ich dachte, ich sei mutiger, als ich selbst glaube?«

Er streicht mir sanft über die Wange. »Ja, davon bin ich überzeugt. Aber ich spüre einfach, dass da was ist, also ... nein. Obwohl ich dich echt attraktiv finde.«

»Ich finde dich auch attraktiv.« Ich lächele. »Und jetzt?«

»Jetzt sollte ich wohl gehen«, antwortet Matti, doch eigentlich möchte ich das überhaupt nicht.

»Du kannst aber auch bleiben, wenn du willst«, murmele ich.

Er streicht mir noch einmal über das Gesicht und zieht mich an sich. Ob er wirklich bleibt? Vermutlich nicht.

Ich kann über diese Frage nicht lange nachdenken, denn kaum eine Minute später schlafe ich einfach ein.

NOCH
ein Treffen?

Als ich aufwache, muss ich mich erst mal sammeln. Ich spüre, dass mich jemand hält. Oh mein Gott. In meinem Kopf pocht es kurz, und ich überlege, wo ich bin. Ich lasse den Blick wandern, sehe das Bild an der Wand. Klar, ich bin gestern auf Sylt angekommen, war im Café, habe mit Mia geredet, die Karten, das Schicksal. Dann waren wir auf dieser Party, und da war Matti, der Seesternjäger. Die Cocktails, der Kuss …

Als ich mich ein wenig bewege, spüre ich nicht nur seine Berührung, sondern auch seinen Atem, der mein Ohr kitzelt.

»Hey«, flüstert er, und ich drehe mich in seinen Armen zu ihm um.

»Hey, du bist ja doch noch da«, stelle ich überflüssigerweise fest.

»Ja, ich kann es auch kaum glauben. Aber ich wollte dich nicht allein lassen.«

Das ist echt nett von ihm.

»Und, wie geht es dir heute Morgen?«, fragt er.

»Ehrlich gesagt weiß ich das noch nicht so wirklich. Und dir?«

»Gut so weit. Du schnarchst ziemlich, aber ... okay.«

»Das tue ich nicht«, entgegne ich, und er verzieht das Gesicht.

»Oh doch, das tust du, wie ein Sägewerk.«

Ich spüre, wie mir die Röte auf die Wangen steigt. »Sorry, aber dann wundert es mich, dass du noch hier bist.«

Er grinst. »Wäre es dir lieber gewesen, ich wäre gegangen? Ich hatte nämlich das Gefühl, dass du gerade das nicht wolltest.« Ein Lächeln schiebt sich über seinen Mund.

»Vielleicht ... Ist das schlimm für dich?«

»Nein. Ich bin zwar sonst keiner, der über Nacht bleibt, doch ich merke, dass ich mir bei dir keine merkwürdigen Ausreden einfallen lassen muss, um abhauen zu können. Der Sex war toll und ...«

Ich sehe ihn verblüfft an. »Der Sex? Wir hatten doch gar keinen.«

»Was? Sag bloß, du erinnerst dich nicht mehr daran? Denn er war wirklich gut. Weltbewegend, um es genau zu sagen. Du meintest, du hättest noch nie so viel Spaß gehabt.« Er zwinkert mir zu.

»Ach ja, stimmt. Jetzt wo du es sagst ...« Ich boxe ihn spielerisch in die Seite, ehe ich gleich wieder ernst werde. »Sorry wegen meines Ausbruchs gestern.«

Er schüttelt leicht den Kopf. »Du musst dich nicht bei mir entschuldigen, wirklich nicht. Der Abend war lustig, alles gut. So ein Unmensch bin ich auch wieder nicht. Wenn, dann sollen es beide wollen.«

»Ich wollte es ja auch, doch dann ...«

»Schon gut, ich verstehe das. Bei dir ist noch einiges los.« Er tippt mir mit dem Zeigefinger gegen die Stirn.

»Leider.«

Er lächelt, und sofort spüre ich wieder ein warmes, wohliges Kribbeln in meinem Bauch. »Aber jetzt bin ich neugierig. Merkwürdige Ausreden, um abhauen zu können – welche wären das gewesen?«, frage ich.

»Nun, zum Beispiel, dass ich Mundgeruch am Morgen nicht mag und deswegen nie bleiben kann.«

Reflexartig ziehe ich mir die Decke über den Mund. »Das ist gemein. Meinst du damit mich?«, murmele ich, doch er lacht.

»Nein, war nur Spaß.«

Ich kuschele mich noch etwas tiefer in die Decke. »Also sag jetzt, ich bin neugierig.«

»Na ja, meistens ist ja alles geklärt, und dann gehe ich, solange sie noch schlafen. Unbemerkt, als wäre ich ein Geist. Wenn wir aber Telefonnummern getauscht haben, schreibe ich schnell, dass ich früh arbeiten muss.«

Ich rolle mit den Augen. »Das ist alles? Ist ja megalangweilig. Ich dachte, jetzt kommt was richtig Originelles.«

»Du willst was Originelles?« Matti überlegt kurz. »Weil sie absolut nicht lockergelassen hat, habe ich auch schon mal behauptet, ich müsse zur See fahren, ganz früh …«

»Ist aber auch nicht das Originellste.«

Er streicht mir durchs Haar. »Was soll ich denn deiner Meinung nach sagen?«

Ich lege den Kopf schief. »Vielleicht, dass du ein Zeitreisender bist und wieder zurück in deine Zeit musst.«

Er grinst. »Okay, und das wäre dann also glaubwürdig?«

»Nein, das ist das andere aber auch nicht, wenn du dich nie mehr meldest. Das mit der Zeitreise ist zumindest originell, und die Frau kann sich dann entweder über dich auslassen, wie bescheuert du bist, oder darüber lachen.«

»Also schön, wenn du das sagst. Dann würdest du lieber so was hören?«

»Hm, ja, ich wäre auf alle Fälle amüsiert.«

Mit einem Mal kommt Matti mit dem Gesicht näher zu mir heran. »Soll ich dir was sagen? Ich muss jetzt dann leider gleich los, ich komme nämlich aus einer anderen Zeit.«

Damit bringt er mich zum Lachen. »Nun dann, aus welcher Zeit kommst du denn?«

»Aus dem Jahr 2040.«

»Du kommst aus der Zukunft?«

»Ja, allerdings.«

»Und wie ist es da so?«

»Na ja, ganz okay, doch ich darf darüber nicht reden.«

»Zu schade.« Ich seufze gespielt ganz tief.

Er sieht mich an mit einem Blick, den ich so an ihm noch nicht gesehen habe. »Soll ich dir ehrlich was sagen?«

»Ja, immer.«

»Ich weiß nicht, es ist verrückt, aber ... ich hatte tatsächlich zum ersten Mal nicht das Gefühl, flüchten zu müssen. Aber wenn du willst, dass ich gehe, dann tue ich das auch.«

Für eine kurze Weile halte ich seinen Blick fest, dann zucke ich betont gleichgültig mit den Schultern. »Ich denke schon, dass du jetzt dann mal gehen solltest. Ich muss mich fertig machen und möchte heute einen schönen Tag haben. Außerdem bin ich ja selbst eine Zeitreisende.«

Jetzt prustet er los. »Okay, das war auch ehrlich.« Er streichelt mir über den Oberarm. »Also schön, dann schmeißt du mich jetzt wirklich raus?«

»Ja, ich schmeiße dich so was von raus.« Matti beißt sich auf die Lippe, und ich boxe ihn spielerisch in die Seite. »Nein, alles gut, wie du willst«, sage ich. »Aber ich muss dann trotzdem ins Café.« Wieder sieht er mich an mit diesem Blick. »Was geht dir durch den Kopf?«, frage ich neugierig.

»Dass ich es ziemlich schön fand gestern.«

»Das freut mich, ich fand es auch toll. Vor allem den Nicht-Sex.«

Er lacht. »Stimmt, der war richtig gut.«

Ich schnappe mir mein Handy und schaue auf das Display. Eine Nachricht von Mia wird mir angezeigt. »Es ist schon kurz vor elf. Schnell, du musst zur See fahren, und ich sollte auch auf meine Reise. Meine Cousine wartet auf mich.«

Grinsend sieht er mich an. »Also gut, ich ziehe mich mal an.«

»Ja, nicht dass du zu spät kommst.«

Matti schlüpft in seine Hose und schnappt sich sein Shirt. Als er sich dann wieder zu mir herumdrehen will, stolpert er über meinen Koffer, kann sich aber gerade noch festhalten. Er geht in die Knie, weil ihm das Shirt aus der Hand gefallen ist. Während er danach greift, bleibt sein Blick an etwas hängen, und als ich bemerke, was es ist, stehe ich hastig auf. Doch er kommt mir zuvor, schon hält er meine Fotomappe in der Hand.

»Was ist das?«, fragt er, während er sie öffnet.

»Das ist nur eine Speisekarte.«

Er hebt eine Braue. »Nicht sehr originell, wirklich nicht.«

»Ähm, eine Mappe, die durch die Zeit gereist ist?«, schlage ich stattdessen vor.

Ohne auf meine Bemerkung einzugehen, blättert er durch die Bilder und Skizzen, die sich in der Mappe befinden und sieht sich alles genau an. »Das gibt's ja nicht«, murmelt er.

»Was meinst du?«

»Die sind ja richtig gut.«

»Jetzt übertreib mal nicht.« Ich winke ab.

»Das tue ich sicher nicht. Du bist ja Fotografin! Echt krass.«

»Na ja, also … gut, ja, so was in der Art«, gebe ich zögernd zu.

»So was in der Art? Du bist lustig. Okay, pass auf, mal ganz im Ernst. Wenn du noch Zeit hast, könnten wir kurz darüber reden? Ich lade dich auch zum Essen ein. Gib mir eine Stunde oder so.«

Überrascht sehe ich ihn an. Meint er das ernst?

»Ich dachte, das hier ist nur für eine Nacht? Du bist echt 'ne ziemliche Klette, Matti.«

»Komm schon, es ist ja auch kein Date, sondern ein geschäftliches Essen. Ich müsste dich wirklich was fragen.«

Kurz denke ich nach. »Ich weiß nicht, ich sollte mich jetzt erst mal duschen.«

»Stimmt, eine Dusche wäre in der Tat gut für dich.« Gespielt rümpft er die Nase, und ich hebe mahnend den Zeigefinger.

»Treib es nicht zu weit, ja?«

»Also, was sagst du, Katha? Komm schon!«

»Na schön.« Ich atme tief durch. »Sagen wir in einer Stunde?«

»Prima. Treffen wir uns in einem Café?«

»Bei Mia und Bene im *Café mit Sylt und Zucker*?«, frage ich wie aus der Pistole geschossen.

Matti lacht. »Warum nicht?«

Doch dann entscheide ich mich anders. »Aber nein, so dumm bin ich auch wieder nicht. Apropos Mia, ich sollte mal auf ihre Nachricht reagieren. Nicht dass sie sich Sorgen macht.«

»Klar, das verstehe ich. Pass auf, machen wir es doch so: Du rufst sie kurz an, und wenn du fertig bist mit allem, zeige ich dir, wo es richtig gute Krabbenbrötchen gibt. Deal? Und dort besprechen wir alles.«

»Warte mal«, hake ich ein. »Also ... keine Ahnung, was du wissen willst, aber ich kann dir da bestimmt nicht helfen.«

Er grinst. »Kann ich das nicht selbst entscheiden? Du weißt doch gar nicht, was ich von dir will. Also, bist du einverstanden? Bitte.«

Ich seufze. »Na schön.«

»Super. Dann spring mal unter die Dusche, danach meldest du dich bei mir, und ich schicke dir den Standort, okay?«

»Hm, okay. Und wie willst du das machen?«

»Ganz einfach: Gib mir deine Nummer, dann ist das kein Problem.«

»Jetzt willst du auch noch meine Nummer?«, frage ich empört.

»Ja, aber aus rein geschäftlichen Gründen.« Grinsend zieht Matti sein Handy aus der Tasche, ich diktiere ihm meine Nummer, und gleich darauf klingelt mein Handy.

»Was wird das jetzt?« Kritisch betrachte ich mein Display, während er sich das Lachen kaum verkneifen kann.

»Erstens wollte ich nur prüfen, ob du mir eine falsche Nummer genannt hast. Und zweitens hast du damit auch gleich meine Nummer. Also dann, bis später.«

»Du bist wirklich ...«

»Was?«

»Penetrant.«

»Was heißt hier penetrant? Ich bin nur zielorientiert. Und wer weiß, haben wir nicht gesagt, es könnte Schicksal sein, dass wir uns begegnet sind?«

Dieser Kerl. Er wendet sich zum Gehen ab, dreht sich jedoch an der Tür noch mal zu mir um und winkt mir zu, ehe er endgültig aus meinem Apartment verschwindet.

Okay, was war das bitte für ein Abend und was für eine Nacht? Verrückt, ja, es war wirklich verrückt. Und jetzt will Matti mich noch einmal treffen? Geschäftlich?

Nachdem die Tür ins Schloss gefallen ist, nehme ich die Mappe in die Hand und betrachte die Bilder und Zeichnungen – die Zeugen meines geplatzten Traums. Gut, ich kann mir ja zumindest mal anhören, was er von mir will. Was soll schon passieren, oder? Schließlich packe ich die Mappe weg und hüpfe unter die Dusche.

Frisch geduscht und bereit für den Rest des Tages stehe ich im Bad vor dem Spiegel. Ich fühle mich wohl, wirklich. Obwohl ich gestern doch ziemlich viel Alkohol getrunken habe, bin ich von Kopfschmerzen verschont geblieben, wie ich erleichtert feststelle.

Mein Handy summt, es ist eine weitere Nachricht von Mia. Sie fragt mich, wie mein Abend noch war, ob es mir gut geht und ob ich, wenn ich wach bin, ins

Café komme. Ich soll mich doch endlich mal melden, sonst wird sie einen Suchtrupp losschicken. Ich lächele. Eigentlich wollte ich ihr ja schreiben. Aber dann denke ich, dass es besser wäre, sie persönlich zu treffen, und gegen einen Kaffee hätte ich auch nichts einzuwenden. Also packe ich meine Tasche und stecke, ohne nachzudenken, die Mappe ein.

Oh Mann, jetzt habe ich tatsächlich die Mappe eingepackt. Soll ich sie nicht eher hierlassen? Will ich mich wirklich mit Matti treffen? Aber dann ermahne ich mich: Es ist, wenn ich mich dazu entscheide, nur ein geschäftliches Treffen, und vielleicht ist die Mappe ja doch nötig, also nehme ich sie lieber mal mit. Dann hole ich mir meine leichte Jacke und den Schlüssel, schultere die Tasche und trete aus dem Apartment.

»Moin, junge Dame. Da strahlt aber jemand.«

Ich habe gerade das Café erreicht, als sich eine Stimme in meine Gedanken schiebt. Ich sehe mich um und entdecke einen Mann mit Schnauzbart, der an einem der Tische vor dem Gebäude sitzt. In der Hand hält er eine Zeitung.

»Moin, wenn man das noch sagen darf«, entgegne ich. »Es ist ja schon etwas später am Tag.«

Er lacht. »*Moin* kann man immer sagen, Fräulein Sonnenschein!«

»Sonnenschein?«, frage ich verwundert. »Sehe ich denn so fröhlich aus?«

»Aber ja.«

Ich blicke in die Sonne und dann wieder zu dem Mann. »Ehrlich gesagt bin ich es auch. Es ist schön, hier zu sein.«

»Ja, hier am Meer ist das Leben schön. Mal stürmisch, mal ruhig, aber immer voller Schönheit und Möglichkeiten. Dazu eine Tasse Kaffee – was gibt es Besseres?«

Mit seiner fröhlichen Art bringt er mich zum Lächeln. »Eine Tasse Kaffee klingt gut, das war auch mein Plan.«

Er nickt. »Da bist du hier auf alle Fälle richtig.« Er widmet sich wieder seiner Zeitung, während ich das Innere des Cafés betrete. Dort finde ich Mia hinter dem Tresen.

»Moin, na endlich!«, ruft sie, als sie mich bemerkt. »Ich dachte schon, dir ist was passiert. Das mit dem Suchtrupp war kein Spaß!« Sie sieht mich ernst an, doch ihre Mundwinkel zucken.

»Sorry, ich dachte, ich komme lieber persönlich vorbei.«

Sie mustert mich einen Moment. »Da sieht aber jemand zufrieden aus«, stellt sie fest, ich winke jedoch eilig ab und spüre die Röte in meinem Gesicht.

»Jetzt fängst du auch noch damit an. Der Mann da draußen meinte auch schon, ich würde strahlen wie die Sonne.«

»Das war Heiner«, erklärt mir Mia. »Er ist vormittags meistens hier. Du weißt schon, er ist der Lebenspartner von Svantje.«

»Ach ja, klar, der Inselguru mit den vielen weisen Sprüchen.«

Mia lacht. »Lass ihn das bloß nicht hören. Ich weiß nicht, ob ihm das gefallen würde.«

Ich beiße mir auf die Unterlippe. »Wie auch immer, er scheint sehr nett zu sein. So wie du ihn beschrieben hast – dass ich nicht gleich darauf gekommen bin … Und er meinte, heute sei ein guter Tag.«

»Nun ja, Heiner findet jeden Tag gut.«

»Diese Fähigkeit hätte ich auch gern, aber ich muss sagen, heute beschwere ich mich nicht. Bisher ist mein Tag gut gestartet.« Als ich die Worte ausspreche, werden meine Wangen erneut ganz warm, weil ich wieder an Matti denken muss. Obwohl ja eigentlich nichts passiert ist – und dennoch so viel.

»Alles klar, ich weiß Bescheid.« Mia zwinkert mir zu. »Und jetzt musst du mir alles erzählen.«

»Ja, das bin ich dir auf alle Fälle schuldig.«

Sie reckt den Daumen nach oben. »Absolut. Möchtest du erst einen Kaffee?«

»Oh ja, bitte.«

»Klar, mach ich dir sofort.« Sie nimmt eine Tasse aus dem Regal und stellt sie sie unter die Maschine. Während diese zu rattern beginnt, beugt Mia sich zu mir. »Also, dann schieß mal los. Habt ihr es getan, du und der Seesternjäger? Ist er denn so gut, wie alle sagen?«, fragt sie gespannt.

»Wie alle sagen? Also redet man auch darüber, wie er im Bett ist?«

Mia legt den Kopf schief. »Na ja, ich hatte schon einige weinende Frauen hier, und wenn er nicht so gut wäre, hätten sie sicher nicht geweint.«

»Vielleicht haben sie aber auch geweint, weil er so schlecht ist«, gebe ich zu bedenken. »Schon mal daran gedacht?«

»Ist er also richtig mies?« Sie hebt eine Braue.

»Ich weiß es nicht.«

»Dann habt ihr also nicht …«

Ich schüttele den Kopf.

»Nicht? Ah, Katha!«

»Nein, irgendwie nicht.«

»Aber er hat bei dir geschlafen? Oder du bei ihm?«

»Er bei mir.«

Sie sieht mich an. »Okay. Allerdings war der Plan ja nicht *bei ihm*, sondern *mit ihm*, oder?«

»Eigentlich schon, doch er meinte dann, wir sollten es nicht tun, und ich war auch mit einem Mal … Keine Ahnung, irgendwie war ich nicht bereit dazu. Aber Matti war wirklich lieb. Er hat es von selbst gemerkt und meinte, dass ich mutig genug gewesen sei für heute. Verrückt, oder?«

»Also, damit hätte ich bei ihm nicht gerechnet. Ich hätte eher gedacht, dass er beleidigt abzieht.«

»So kann man sich täuschen«, antworte ich nur.

»Ja, aber Matti, dieser Kerl, er ist wirklich …«

»Ich weiß. Jedenfalls hat es gutgetan. Und es war tatsächlich lustig mit ihm.«

Mia stellt eine Tasse Kaffee vor mich auf den Tresen und sieht mir nachdenklich zu, wie ich einen Schluck nehme. »Klar, ich meine, wer bin ich, dass ich ihn auf immer und ewig verteufele? Und man sieht dir an, dass es dir wirklich gutgetan hat.«

»Am Ende ist doch was dran an den Karten«, sage ich mehr im Scherz, aber sie schüttelt den Kopf.

»Ich weiß nicht, ich traue dem Ganzen nicht so. Und jetzt? Das war's, oder?«, fragt sie neugierig.

Ich zögere. Keine Ahnung, was ich sagen soll. Mia wird mich sicher für total bescheuert halten, wenn sie erfährt, dass ich darüber nachdenke, Matti gleich heute wiederzusehen – rein geschäftlich. Anlügen will ich sie jedoch auch nicht.

»Also, ganz ehrlich, zuerst habe ich ihn quasi rausgeschmissen«, erzähle ich.

»Katha, Katha, du Bad Girl ...«

»Nein, so war es nicht, ich wollte ja zu dir. Und dann ist er über meinen Koffer gestolpert.«

Ihre Augen weiten sich. »Oh Gott, sag jetzt nicht das, was ich denke.«

»Wieso, was denkst du denn?«

»Dass wir ihn aus dem Apartment ziehen und in den Dünen verscharren müssen?«

Ich lache. »Nein, er ... er hat meine Mappe in die Hände bekommen.«

Mit einem Mal wird ihr Blick ganz weich. »Deine Fotomappe? Oh, Katha, du hast sie dabei? Mit deinen Bildern und Skizzen und so?«

Ich hebe eine Hand. »Ach, ich weiß auch nicht, warum ich sie dabeihabe. Ich hab sie einfach eingepackt, auch den Laptop. Na ja, dann waren wir auf einmal beim Thema Fotografieren, und Matti hat mich gefragt, ob wir uns heute noch mal treffen können, um geschäftlich zu reden.«

Mia mustert mich. »Und du hast Ja gesagt, oder?«

»Zuerst schon, doch ich denke mir gerade, dass es Unsinn ist und ich mich wohl lieber nicht mehr bei ihm melden sollte. Was meinst du?«

Sie beugt sich etwas zu mir nach vorne. »Ich meine, du solltest dich mit ihm treffen. Ist doch interessant zu hören, was er von dir will. So rein geschäftlich.«

Damit habe ich jetzt nicht gerechnet.

»Ach ja?«

»Ja. Einfach mal miteinander zu sprechen, kann nicht schaden. Zudem bin ich neugierig, denn ich habe schon so eine Vermutung, um was es gehen könnte.«

»Okay, und um was?«

»Nun, wenn du mich fragst ... Es geht bestimmt um die Surfschule. Soweit ich weiß, ist der Kerl, der sie geleitet hat, schon wieder weg. Er wollte ins Ausland, und jetzt ist da die Frage, wer die Surfschule in der nächsten Saison übernimmt beziehungsweise ob sie überhaupt weitergeführt wird. Die Gemeindeverwaltung hat eine Art Challenge ausgerufen, man kann sich um das Strandstück bewerben.«

Ich höre Mia aufmerksam zu. Als sie geendet hat, frage ich: »Und dich interessiert das Grundstück auch, oder wie?« Zumindest habe ich so ein Gefühl. Und ich treffe wohl den Punkt, wenn ich mir ihr Gesicht ansehe.

»Na ja, interessant wäre es schon, denn vor dem Strandstück wird auch ein Gebäude frei, in dem bis jetzt ein kleiner Laden war. Ich dachte mir, man könnte daraus eine Pension machen. Die *Pension mit*

Sylt und Zucker. Aber das waren einfach nur Gedanken. Vielleicht ist es auch zu klein oder generell Unsinn, ich weiß es nicht. Interessant wäre es jedenfalls.«

»Hast du mit Bene auch schon über diese Idee gesprochen?«

»Klar, er findet den Gedanken ebenfalls reizvoll.«

»Dann muss ich ja praktisch mit Matti ausgehen, um seine Pläne in Erfahrung zu bringen«, stelle ich fest, und Mia lacht.

»Also, schlecht wäre es sicherlich nicht. Dann hätten wir die Infos aus erster Hand und würden seine Pläne kennen.«

»Okay, dann mache ich das.«

Wieder spüre ich dieses Kribbeln im Bauch. Irgendwie freue ich mich, Matti zu sehen, und jetzt, nachdem Mia mich nicht für ganz bescheuert hält, ist es noch einfacher. Gut, den Plan, ihn auszuspionieren, hatte ich jetzt nicht, aber ich frage ja auch nur mal. Und so habe ich sozusagen den Segen, ihn noch mal zu treffen – ihn, den eigentlich alle hier im Café nicht leiden können.

Apropos nicht leiden können ...

»Wo ist eigentlich Fine?«, will ich wissen.

»Sie ist heute an der Reihe, auszuschlafen. Jan und sie wollten dann noch einen Ausflug machen.«

»Ach so. Hast du ihr denn erklärt, warum ich auf der Party geblieben bin?«

»Ja, und sie hat es auch verstanden. Sie hat sich nur Sorgen um dich gemacht, weil sie echt nicht gut auf Matti zu sprechen ist.«

»Was war denn genau zwischen den beiden?«, frage ich neugierig.

»Nicht mehr als das, was sie schon erzählt hat, aber die Art und Weise war nicht in Ordnung. Es hat auch nichts damit zu tun, dass sie Matti womöglich gut findet. Sie ist froh, dass letztlich alles so gekommen ist, denn dadurch hat sie ja Jan gefunden. Aber Matti ist eben ein rotes Tuch für sie. Das Gleiche, also diese Seesternmasche, hat er übrigens auch mit Jans Aushilfe abgezogen, und das Mädchen hat daraufhin gekündigt, weil sie so fertig war. Sie hatte sich echt in Matti verliebt.«

Ich nicke zustimmend. »So was ist schon Mist, da gebe ich dir auf alle Fälle Recht. Wie auch immer, mir hat es einfach gutgetan. Es war so unfassbar ehrlich. Keine Spielerei. Ein toller Abend, ein netter Morgen.«

»Aber?«, hakt Mia nach.

»Kein Aber.«

»Oh doch, ich habe schon das Gefühl, dass da ein Aber ist.«

Ich seufze. »Nein, nur … dass ich Matti jetzt wiedersehe, war nicht geplant. Aber gut, es ist geschäftlich, und vielleicht bringt es dir ja einen Nutzen. Also, dann schreibe ich ihm jetzt mal.«

»Gut, und du gehst da ganz relaxed ran. Ich bin echt gespannt, was er von dir will. Vielleicht bringt es auch was Gutes. Ich meine, wenn er deine Mappe gesehen hat … Eventuell ist es ja wirklich was Interessantes.«

»Wir werden sehen«, entgegne ich nur, dann trinke ich den letzten Schluck von meinem Kaffee, zücke mein Handy und tippe eine Nachricht an Matti ein. Ich schreibe, dass ich fertig sei und wir uns treffen könnten, er soll mir doch einfach den Standort durchgeben.

Nachdem ich die Nachricht abgeschickt habe, warte ich einen Moment. Vielleicht meldet er sich ja auch nicht. Doch die Antwort kommt schneller als gedacht.

Super, ich bin schon da, schreibt er und schickt mir den Standort hinterher. Ich zeige ihn sogleich Mia.

»Ja, das kenne ich, das ist ein wirklich guter Imbiss. Er ist nicht so groß, aber die Leute lieben ihn. Du musst dort unbedingt die Krabbenbrötchen probieren.«

»Das hat Matti auch gesagt.«

»Dann bin ich ja mal ausnahmsweise mit ihm einer Meinung.« Sie lächelt. »Und, was hast du heute Abend vor?«

»Wenn du willst, können wir gern was zusammen unternehmen. Kommt drauf an, was ihr noch geplant habt.«

»Schreiben wir uns einfach später, ja? Ein bisschen müde bin ich schon, vielleicht war es gestern ein Cocktail zu viel. Aber wer trinken kann, der kann auch arbeiten.«

Ich lache. »Das hat dein Papa immer gesagt.«

»Stimmt. Also machen wir es so. Du kannst mir ja später alles berichten.«

»Okay, dann mache ich mich mal auf den Weg. Ich muss gleich nach links, oder?«

»Genau. Und wenn du weiter nach links gehst, kommst du zu hübschen Aussichtspunkten. Dort befindet sich auch der Leuchtturm, je nachdem, was dir heute noch vorschwebt. Vielleicht möchtest du ihn dir nach dem Treffen mit Matti ja noch ansehen.«

»Mal sehen. Wahrscheinlich schlafe ich danach irgendwo am Strand ein und lümmle mich in einen der Strandkörbe. Ich bin echt ein bisschen müde und nicht so tapfer wie du.«

Mia grinst. »Apropos tapfer, wobei ich nicht weiß, ob das wirklich passt, aber du bist tapfer. Hat sich eigentlich Martin bei dir gemeldet?«

»Ja, aber ich habe nicht reagiert. Ganz ehrlich, ich will nichts von ihm hören.«

Sie nickt verständnisvoll. »Gut so. Also, ich bin gespannt, was du in Erfahrung bringst.«

»Alles klar, ich bin dann mal auf geheimer Mission.« Ich wende mich ab, winke Mia von der Eingangstür aus noch einmal zu und verlasse dann das Café.

Erst wenn es stürmisch wird, überlegen wir, wie wir das Boot lenken können, damit es nicht untergeht. Wenn alles scheinbar glattläuft, haben wir ja keinen Grund, darüber nachzudenken.

AUF
geheimer Mission

Ja, es ist eine geheime Mission, jedoch nicht mehr. Ich gehe am Strand entlang, vorbei an den Dünen, über die Holzplanken und biege dann nach links ab. Dass es nicht so weit ist, ist ein bisschen untertrieben. Eine gute Viertelstunde habe ich schon zu gehen. Doch es ist hübsch hier. Der Strand ist noch etwas breiter als vor dem Café, der Imbiss hingegen viel kleiner. Es ist nur eine kleine, charmante Bretterbude, die wirklich gut besucht ist. Der Duft von Waffeln, Pommes und Krabben vermischt sich mit der salzigen Luft und umhüllt mich. Jetzt bekomme ich tatsächlich Hunger.

Gespannt sehe ich mich nach Matti um und entdecke ihn recht schnell. Er steht in der Nähe des Kiosks, trägt ein hellblaues Shirt, dunkle kurze Sporthosen und winkt mir zu. Ich winke zurück und gehe durch den Sand auf ihn zu. Dabei komme ich an einem Strandkorb vorbei, in dem ein älteres Paar sitzt. Ein paar Kinder spielen im Sand und lassen Drachen steigen, denn der Wind weht heute doch etwas stärker. Ein weiterer Strandkorb ist von zwei jungen Frauen belegt – vielleicht die Mütter der Kinder. Tatsächlich würde ich gern die Strandkörbe fotografieren, besonders das ältere Paar, wie es aneinandergekuschelt dasitzt. Sie liest ein Buch, während er einfach nur aufs Meer blickt.

Der Gedanke ist gerade noch in meinem Kopf, als ich Matti schon erreiche. In meinem Bauch flattert es leicht. Er sieht wirklich gut aus, denke ich erneut. Ja, wir haben uns erst heute Morgen gesehen, doch irgendwie löst er schon wieder etwas in mir aus. Sein Gesicht hat einfach etwas, das ich mag, das mich anzieht und neugierig macht. Es war also nicht nur aus einer Cocktaillaune heraus.

Über seine Lippen stiehlt sich ein leichtes Lächeln. »Moin, du siehst mich schon wieder so an«, meint er.

Bei seinen Worten spüre ich Röte auf meinen Wangen. »Moin. Was? Nein, ich schaue einfach nur«, entgegne ich und habe für einen Moment das Gefühl, als wollte er mich umarmen, was er aber nicht tut. Stattdessen streicht er sich durch die hellen Haare. In der Sonne leuchten darin noch etwas hellere Farbpigmente, die gut zu den wenigen Stoppeln in seinem Gesicht passen.

»Doch, doch, du musterst mich schon wieder. Aber stimmt, du magst ja Gesichter.« Grinsend streicht er sich über die Wange und deutet dann zum Kiosk. »Wie auch immer, hier werden gleich deine kulinarischen Träume wahr. Heute machen wir nichts Dummes, sondern holen uns was Gutes. Gute Krabbenbrötchen.« Er reibt sich den Bauch.

»Ach ja? Und was, wenn ich gar keine Krabben mag?«

Er hebt eine Braue. »Magst du echt keine Krabben? Das wäre sehr dumm.«

Erst nicke ich gespielt ernst, aber dann lächele ich. »Doch, ich mag sie, alles gut.«

»Dann bin ich erleichtert. Ich weiß ja nicht, wie es dir geht, aber ich sterbe fast vor Hunger.«

»Ich gebe zu, ich auch. Vorhin bei Mia habe ich nur einen Kaffee getrunken. Irgendwie habe ich das Essen ganz vergessen, obwohl es dort ja auch etwas gegeben hätte.«

»War es denn so spannend? Ich vermute ja, sie hat dich über mich ausgefragt«, meint er, und ich lache.

»Davon kannst du sicher ausgehen.«

Gut gelaunt gehen wir los. »Na, dann erzähl mal, ich bin neugierig«, sagt Matti, als wir den Kiosk schon fast erreicht haben. Doch wir werden unterbrochen, weil eine junge Frau vor Matti stehen bleibt.

»Matti, hey«, begrüßt sie ihn ein wenig verlegen. Man erkennt sofort, dass sie ihn anhimmelt.

Er wirkt leicht irritiert. »Hey«, antwortet er nur.

Ha! Jetzt wird es interessant, denke ich, während ich die beiden beobachte.

»Ramona wird sich total freuen, dass du wieder da bist. Sie meinte, du hättest ihr vor ein paar Wochen gesagt, dass du zur See fährst und nicht er-

reichbar bist«, erzählt die Frau, die höchstens drei-
undzwanzig ist.

Ich mustere Matti und erkenne in seinem Ge-
sichtsausdruck, dass er nicht weiß, wer Ramona ist.
Dieser Kerl.

»Ja, mein Seestern«, sagt er und schluckt. Bei seinem Anblick muss ich mir ein Grinsen verkneifen.
»Tatsächlich bin ich nur kurz hier, um etwas Geschäftliches zu erledigen. Also mach sie gar nicht erst
verrückt, ja?«

»Oh, ach so. Klar, dann hab einen guten Aufenthalt, ja?«

Matti nickt. »Danke.«

Dann wendet sie sich ab, während wir weiter zum
Imbiss gehen.

»Du hast keine Ahnung, wer diese Ramona ist,
oder?«, frage ich ihn, als sie außer Hörweite ist.

Mit einem schiefen Grinsen sieht Matti mich an.
»Doch, ich glaube schon.«

Ich schüttele den Kopf. »Du bist echt …«

»Was? Ich kläre das schon immer alles ab.«

»Trotzdem. Ein kurzer Aufenthalt, also wirklich.
Hast du die Seefahrergeschichte erzählt?«

»Ja, vermutlich.«

»Du bist echt schlimm. Warum machst du nicht
von Anfang an klar Schiff?«

Er steckt seine Hände in die Hosentaschen. »Wenn
ich nicht gefragt werde, warum sollte ich? Ich dachte,
so was ist klar.«

»Anscheinend nicht. Mir ist es egal, aber du
kannst doch so nicht mit den Leuten umgehen. Ich

meine, da ist es kein Wunder, dass alle so über dich denken.«

Wir stoppen vor dem Imbiss und reihen uns in die kurze Schlange ein.

»Was denken sie denn über mich?«, will er auf einmal wissen. »Schieß mal los, was hat Mia gesagt?«

Der Geruch von Fisch und Meeresluft dringt in meine Nase, und ich atme ihn tief ein. »Sie wollte wissen, was wir gemacht haben, wie es war. Ich habe gesagt, dass …«

Er hebt eine Braue. »Was denn?«

»Na, dass es okay war«, antworte ich und zucke mit den Schultern.

»Dass es okay war? Ehrlich?«

»Ja, das war es doch auch.«

Nun sind wir schon an der Reihe. »Zwei Krabbenbrötchen bitte«, sagt Matti zu dem Mann hinter dem Tresen, der aussieht wie ein Seefahrer aus dem Bilderbuch. Etwas stämmig, graumelierte Haare und ein dichter Vollbart.

Er legt die Brötchen in jeweils eine Serviette und reicht sie uns. »Na dann, wohl bekomm's«, wünscht er uns mit dem typischen norddeutschen Akzent.

Mit den Brötchen in der Hand setzen wir uns in einen der Strandkörbe, den Matti sogleich angesteuert hat. Ich bin ganz benommen von dem schönen Gefühl. Vor ein paar Tagen hätte ich niemals gedacht, dass ich das hier erleben würde. In einem Strandkorb zu sitzen, ein leckeres Krabbenbrötchen zu essen und dabei das Meer zu beobachten. Die Geräusche, die das Herz erwärmen, in mich aufzunehmen, die Sonne auf der Haut zu spüren, die warme Luft, die einen umhüllt.

Ich beiße in mein Brötchen und seufze wohlig, weil ich etwas wie Dankbarkeit fühle. »Das ist gut, so richtig gut …«

Matti sieht mich an. »Ja, oder? Aber ich muss dennoch nachfragen: Das ist also gut, richtig gut? Und das mit uns beiden in den letzten Stunden – das war nur okay?«

»Jap, es war okay. Das muss doch reichen.« Ich kann mir diese Antwort einfach nicht verkneifen. Irgendwie gefällt es mir, dass Matti ein wenig unsicher zu sein scheint und sich solche Gedanken macht.

Er sagt nichts darauf, sondern nimmt nun auch einen Bissen von seinem Brötchen. »Ja, das ist echt richtig gut«, stimmt er mir zu, und ich lache, auch deshalb, weil er etwas Soße am Mund hängen hat.

»Du hast da was am Mund«, sage ich.

Matti wischt sich über die Lippen und sieht mich grinsend an, beißt noch mal ins Brötchen und zeigt mir dann seine Zähne. »Hab ich da noch was?«, scherzt er, und ich verziehe das Gesicht.

»Ja, du Ekel, ganz viel sogar. Igitt!«

Schließlich schluckt er alles hinunter, ehe er seinen Blick dem Meer zuwendet. »Also, ich fand es sehr schön mit dir«, sagt er nach einer kurzen Weile.

»Das freut mich. Aber du musst nicht schleimen, Matti. Wir sind nicht hier, damit du mich aufreißen kannst und wir uns gegenseitig Komplimente machen, sondern weil du mit mir sprechen wolltest. Also komm, fang an«, fordere ich ihn auf, weil ich bereits mit meinem Brötchen fertig bin.

»Ist ja schon gut. Aber wie schnell isst du denn bitte?«, fragt Matti erstaunt.

»So wie man isst, so arbeitet man, das hat mein Opa immer gesagt.«

Er lacht. »Man muss das Essen genießen und nicht hinunterschlingen, also wirklich. Du bist doch kein Labrador.«

»Wer weiß, was ich alles bin: Zeitreisende, Labrador, verrückt ...«

»Auf alle Fälle bist du Fotografin, richtig?«

»Jetzt hast du das Thema aber schön gewechselt«, lobe ich ihn mit einem Augenzwinkern.

Er hebt den Daumen. »Eines meiner vielen Talente.«

Dieser Kerl. Ich sehe ihn an und muss irgendwie schon wieder grinsen.

»Also, du bist Fotografin«, stellt er noch einmal fest.

»Ja, also ... zumindest so was in der Art«, entgegne ich, weil es ja schon so ist. Auch wenn ich mich momentan nicht wirklich als Fotografin fühle.

»So was in der Art? Bist du eine oder nicht? Du liebst es doch, Fotos zu machen?«

Ich nicke.

»Du hast schon Fotos gemacht und Shootings abgehalten, für die du bezahlt wurdest?«

Wieder nicke ich.

»Und es ist dein Traum, zu fotografieren?«

»Ja!«, rufe ich, weil mich seine Fragerei amüsiert.

»Na also, geht doch. Dann bist du auf jeden Fall eine Fotografin.«

»Okay, aber was hilft dir das? Und was willst du überhaupt von mir?«, frage ich, weil das ja eigentlich das Thema unseres Treffens ist.

Er sieht mich an. »Wie du weißt, bin ich Surflehrer, doch das ist nicht alles. Als ich mir die Hand verletzt hatte, ist mir so eine Idee gekommen.«

Jetzt wird es interessant. »Und die wäre?«

»Ich möchte gern die Surfschule hier leiten und sie komplett übernehmen, denn Jay, der eigentliche Besitzer oder Pächter, hat beschlossen, ins Ausland zu gehen. Er wird sie also nicht mehr weiterführen, und es wäre zu schade, wenn wir hier in Hörnum keine Surfschule mehr hätten. Es ist so, dass die Gemeindeverwaltung gerade eine Art Challenge oder eher ein Bewerbungsverfahren ausgerufen hat. Man soll Vorschläge einreichen. Jeder Sylter, der Interesse hat, soll sozusagen die Möglichkeit bekommen, sich Gedanken zu machen und seine Idee zu präsentieren. Und ich dachte, ich versuche es einfach mal. Es lief ja bereits super dieses Jahr, die Surfschule kam gut an. Dazu gehört schon eine Art Container, aber ich habe auch ein Auge auf das Gebäude davor geworfen. Bislang befand sich darin noch ein Lebensmittelladen, doch der Besitzer hat ihn jetzt aufgegeben. Ich denke, es würde gut passen, und die Chancen sind sehr gut.«

Lag Mia also richtig. Matti plant ebenfalls, sich um dieses Strandstück und das Gebäude zu bewerben.

»Mein Plan ist, das Angebot noch zu erweitern«, führt er weiter aus. »Man soll kiten können, Bootstouren machen und all das. Erlebnisse buchen, verstehst du? Dafür wäre das Geschäft super.«

Ich nicke. »Okay, das klingt gut, aber ich verstehe noch immer nicht, was ich damit zu tun habe. Soll ich das alles fotografieren, oder wie?«

»Im Prinzip geht es um die Bewerbungsrunde. Ich habe schon ein grobes Konzept, das ich gern visuell umsetzen und präsentieren möchte. Einen Fotografen hatte ich auch schon angefragt, weil er wohl einen Auftrag von der Gemeindeverwaltung hat – ich dachte, das passt. Doch er hat sich nicht mehr gemeldet. Und nachdem du Fotografin bist, wäre es super, wenn du mir dabei hilfst. Vielleicht ist es wirklich kein Zufall. Macht das, was ich sage, Sinn?«

»Ich denke schon. Aber ist das nicht etwas viel Aufwand?«, gebe ich zu bedenken. »Ich meine, man bräuchte zahlreiche Aufnahmen. Ob das nötig ist? Du könntest die Fotos auch selbst machen.«

»Der Aufwand lohnt sich ganz sicher. Ich möchte es ganz professionell aufziehen und zeigen, was alles möglich ist. Man kann sich Dinge einfach besser vorstellen, wenn man sie sieht. Das ist doch bei Immobilienangeboten genauso: Wenn die Objekte eingerichtet sind, können sich die potenziellen Käufer auch viel besser ausmalen, wie es ist, in dem Haus oder der Wohnung zu leben.«

»Das leuchtet ein«, stimme ich ihm zu. »Aber erstens habe ich überhaupt kein Equipment dabei und zweitens …«

Matti hebt eine Hand. »Natürlich bezahle ich dich, ist doch klar. Und ich habe mir deine Website angesehen, du machst genau das, was ich suche. Ich habe mich informiert.«

Jetzt bin ich überrascht. »Du hast dir meine Website angesehen? Woher wusstest du …«

Er lacht. »Auch wenn du es vielleicht glaubst, ich bin nicht ganz dumm. Ich habe in deiner Mappe natürlich deinen vollen Namen gelesen, dann bin ich zu Google und habe dich dort gefunden.«

»Aber warum ausgerechnet ich? Es gibt doch hier auf der Insel auch Fotografen.«

»Klar, doch deine Fotos zeigen genau das, was ich mir vorstelle. Sie sind sogar besser als die von diesem anderen Fotografen. Deine Bilder wirken ungestellt, natürlich. Und mir gefällt auch das, was ich auf deiner Website gelesen habe. Diese Art, mit Bildern eine Geschichte zu erzählen. Fotografieren ist ein Gefühl, das stimmt absolut. Du erstellst ja komplette Konzepte. Ich denke langsam, mit dem Schicksal hatte ich nicht ganz Unrecht.«

Ich schüttele den Kopf. »Du übertreibst, ich bin …«

»Ich kann mir vorstellen, dass du sicher sehr begehrt bist. Und wegen des Honorars mach dir mal keine Sorgen, ich habe etwas gespart diesen Sommer, eigentlich für etwas anderes, aber …« Er winkt ab. »Also, ich bin mir sicher, wenn du mir hilfst, habe ich die besten Chancen. Und falls es nicht klappt, habe ich zumindest alles gegeben. Es gibt natürlich verschiedene Bewerber, und die Gemeindeverwaltung sucht sich aus, welches Konzept ihr am besten gefällt. Zudem ist die Mühe ja nicht umsonst, ich kann das Bildmaterial auch für eine Website und Flyer benutzen. So die Idee.«

Durch meinen Kopf rattern so viele Gedanken. Auf der einen Seite ist es toll, aber andererseits bin ich nur wenige Tage hier und habe auch keinerlei Equipment dabei. Und dann sind da noch Mattis Worte, dass er glaubt, ich sei begehrt. Er denkt also wirklich, dass ich davon lebe? In der Tat war das mal mein Plan, doch den musste ich ja aufgeben. Wäre das hier vielleicht eine Chance, um wieder Fuß zu fassen?

»Das klingt alles plausibel«, sage ich. »Aber ich habe nichts dabei und …«

Er unterbricht mich. »Das sollte das geringste Problem sein.«

»Und eigentlich bin ich ja hier, um mal so richtig auszuspannen.«

»Das verstehe ich. Allerdings habe ich da so ein Gefühl, dass du auch Spaß daran hättest.« Er grinst mich an.

Ich winke ab, muss jedoch zugeben, dass er Recht hat. Ursprünglich wollte ich mit der kleinen Firma, die ich mal gegründet habe, durchstarten, unter anderem auch Konzeptfotografie anbieten. Also warum nicht? Was hält mich denn ab?

»Und da wäre noch was, von wegen begehrt und so: Eigentlich mache ich das mit der Fotografie im Moment nicht mehr«, gebe ich ehrlich zu. »Nur ab und an mal und …«

»Wirklich? Aber warum? Du hast doch offensichtlich Talent, das solltest du nicht vergeuden. Und sicher war dein Plan irgendwann mal, es zu machen. Warum sonst die Website und das alles?«

Natürlich gab es diesen Plan, sogar ganz konkret, doch dann ...

»Ha, erwischt«, drängt sich Mattis Stimme in meine Gedanken. »Du denkst drüber nach, ich sehe es.«

»Was du nicht alles siehst ...« Ich schüttele gespielt den Kopf.

»Wenn du das wüsstest, würdest du dich wundern.«

»Du redest nur Unsinn, Matti. Und fang jetzt nicht wieder mit dem Meer an, das du in mir siehst.«

Sein Blick wird ernst. »Nein, *du* redest Unsinn. Das ist doch eine tolle Gelegenheit. Die Frage ist nur: Wovor hast du Angst?«

Angst? Ja, wovor? Vielleicht vor allem, was war? Und dann sage ich geradeheraus, wie es wirklich ist: »Vor vielem. Und vor mir selbst.«

Er nickt und legt den Kopf schief. »Ja, vor dir selbst. Keine Ahnung, warum da diese Angst in dir ist. Aber ich würde mich freuen, wenn du zumindest mal darüber nachdenkst, auch wenn es eventuell verrückt ist.« Er sieht kurz weg und dann wieder zu mir. »Ein Vorschlag: Ich zeige dir, wo sich die Surfschule im Augenblick befindet, den Container, das Gebäude, was ich mir vorstelle. Vielleicht kannst du dich dann mit der Idee anfreunden.«

Einen Moment lang denke ich nach. Ist das nicht wirklich etwas verrückt, dumm, aufwendig? Ich atme tief durch. »Ich weiß nicht, ich denke, ich habe in den letzten Stunden schon genug Dummheiten gemacht.«

»Ja, wenn du es so sagst …« Er grinst. »Aber wenn wir schon dabei sind: Warum solltest du damit aufhören? Komm schon, gib dir einen Ruck. Ich bin nur ein Junge, der vor einem Mädchen sitzt und es bittet, ihm bei seinem Traum zu helfen.«

Jetzt lache ich. »Du spinnst. Du benutzt meinen Lieblingsfilm gegen mich.«

»Ich hab dir gesagt, ich spiele mit allen Mitteln.«

Schon wieder kribbelt es in meinem Bauch. Ja, die Idee könnte funktionieren, und neugierig bin ich auch. Zudem ist da noch die Sache mit Mia, die ja, wie ich weiß, selbst an dem Strandstück interessiert ist. So kann ich noch mehr herausfinden. Oh Mann.

»Also?«, hakt er nach.

Was mache ich jetzt? Ich lasse meinen Blick über seinen Körper wandern, denke an so vieles. An Mia, an die letzten Tage. Daran, wie unglücklich ich im Fotoladen immer war. An meine Kollegin Valerie, die meinte, das Leben würde mich mit Kirschsaft bewerfen. Ist das jetzt die Möglichkeit, endlich mal wieder das zu tun, was mir Spaß macht, ohne dass ich Angst haben muss?

»Okay, ich schaue es mir an, aber erst mal nur das.«

Matti klatscht in die Hände. »Super, denn ich denke, du brauchst genau das.«

»Ach ja?«

»Ja, dann kommt das andere von ganz allein.«

»Liest du das wieder in meinen Augen?«, frage ich.

Er lacht, und mit einem Mal liegt eine unglaubliche Spannung in der Luft. Ein Kribbeln und Knistern, das beinahe schon greifbar ist.

»Also, ich bin bereit. Und du?« Er steht auf und reicht mir seine Hand, die ich mit klopfendem Herzen ergreife.

Ob ich wirklich bereit bin, weiß ich nicht, aber das werde ich ja gleich sehen …

DAS FEUER
neu entfachen

»Da sind wir«, sagt Matti, als wir vor zwei kleinen Hütten aus Holz und einem Container stehen bleiben. »Die eine Hütte haben wir als Bar benutzt, in der anderen war das Equipment, im Container hatten wir die Anmeldung und einen kleinen Besprechungsraum. Ich stelle mir vor, es teilweise so zu lassen, aber da wäre ja auch noch das Gebäude dort drüben.« Er deutet auf ein Haus am Strand, das offensichtlich leer steht.

Ich blicke mich um. »Da soll dann also das Büro rein? Oder ein Laden, die Kurse?«

»Etwas von allem. Eine Art Surferpension oder Erlebnispension. Was meinst du?«

Das klingt gar nicht so schlecht, denke ich. Und jetzt, da ich es vor mir sehe, kann ich mir schon vorstellen, dass es gut funktionieren könnte.

»Da hast du viel vor«, gebe ich jedoch zu bedenken.

»Schon, doch es fühlt sich gut an. Und so schlecht findest du das auch nicht, ich sehe es dir an. Aber egal, jetzt zeige ich dir, wie man surft.«

Ich winke ab. »Ich weiß nicht … Erst sagst du, du willst etwas Geschäftliches von mir wissen, und jetzt soll ich surfen lernen?«

»Warum nicht? Ehrlich gesagt möchte ich dich gern zum Kitesurfen mitnehmen, weil ich in diesem Bereich ebenfalls Kurse anbieten will. Und es ist geschäftlich, denn so verstehst du besser, was ich vorhabe. Glaub mir, es ist ein tolles Gefühl, und ich denke, es wird dir gefallen. Aber vorher zeige ich dir mal, wie es ist, auf einem Brett zu stehen. Trockenübungen, ehe wir ins Wasser gehen«, erklärt er.

»Ich und surfen.« Ich lache. »Haben wir nicht gesagt, es reicht mit Dummheiten?«

»Dumm wäre es, wenn du dir das entgehen lässt.«

Ich bin immer noch skeptisch. Doch dann stimme ich einfach zu. »Also gut, warum nicht?«

»Perfekt, dann holen wir mal Neoprenanzüge. Einen Bikini hast du schon an?«

Ich nicke, tatsächlich habe ich ihn unter das Kleid angezogen.

»Na dann, runter mit dem Kleid, ausziehen!«

Ich sehe ihn an und rolle mit den Augen. »Du bist echt … Außerdem ist es schon etwas frisch heute.«

Er lächelt. »Komm schon, mach mit.«

»Also gut.« Ich ziehe mein Kleid aus, während Matti zwei Neoprenanzüge holt. Wir schlüpfen hinein, ich folge Matti zu den Brettern und lasse meinen Blick über den Strandabschnitt schweifen. »Im Sommer war hier sicher viel los, oder?«, mutmaße ich.

»Ja, schon, doch da liegt der Fehler. Man könnte noch viel mehr rausholen, auch im Winter sind so viele Leute hier, die gern nach Sylt kommen und etwas erleben wollen. Ich denke da an Fine. Stichwort Sommerträume und so. Träume hat man ja immer, egal zu welcher Jahreszeit.«

Ich lege den Kopf schief. »Das mit Fine hatte ja eher was mit anderen Dingen zu tun, oder?«

»Kann sein, aber dennoch. Wenn man etwas erlebt, tut das der Seele gut. Ob zusammen mit netten Menschen, als Paar oder allein.« Er zieht ein bunt lackiertes Brett aus dem Ständer heraus und reicht es mir. »Das hier ist ideal für Anfänger. Damit gehen wir jetzt zum Wasser, ich helfe dir.«

Schließlich tragen wir das Board gemeinsam in Richtung Meer, wo wir es im Sand ablegen.

»Und jetzt?«, frage ich.

»Jetzt stellst du dich einfach mal drauf. Du sollst erst ein Gefühl bekommen, wie es ist, auf dem Board zu stehen.«

Ich nicke und stelle mich auf das Brett. »Okay, das geht ganz gut.«

»Später wird das Brett unter dir natürlich nicht so ruhig sein, denn das Wasser wird versuchen, dich ganz schnell runterzuschubsen«, erklärt er. »Die Sache ist die: Man muss eins mit dem Wasser werden, ausbalancieren und das Meer nicht als Feind, sondern als Freund sehen.«

Er stellt sich hinter mich, tritt ganz nah zu mir heran und streicht mir eine Haarsträhne hinters Ohr, während ich weiter auf dem Brett im Sand stehe.

»Das fühlt sich dann ungefähr so an.« Er lässt das Board leicht schaukeln, und ich kreische leise auf.

»Und jetzt?«

»Geh in die Knie, versuche, dich zu halten.«

Als ich es geschafft habe, lächele ich. Irgendwie macht es Spaß.

»Super, und nun noch etwas mehr in die Knie.«

Tatsächlich gelingt es mir ganz gut. Als Matti sich zu mir stellt und meine Taille umgreift, atme ich tief durch. Die frische Meeresluft weht in meine Nase, und ich versuche, die Balance zu halten, während Matti mir nah ist.

»Matti …«, sage ich gespielt drohend.

»Was?«

»Du suchst nur Körperkontakt, ich durchschaue dich.«

»Okay, erwischt. Aber Spaß beiseite, du machst das nicht schlecht. Jetzt gehen wir ins Wasser. Übung macht den Meister. Bereit?«

Ich warte kurz, und nachdem Matti sich ein eigenes Board geholt hat, ziehen wir beide Bretter ins Wasser. Das Meer ist etwas kalt, aber durch den Neoprenanzug fühlt es sich dennoch angenehm an.

»So, jetzt machst du mir einfach alles nach«, fordert er mich auf. »Wir legen uns erst mal mit dem Bauch auf die Bretter und paddeln ein Stück raus.«

Ich sehe Matti kurz zu und mache es dann nach.

Als wir uns schon etwas weiter draußen im Meer befinden, folgt der nächste Schritt. »Jetzt die Arme zur Seite und versuchen, langsam aufzustehen«, erklärt er und macht es vor.

Okay, das sieht nicht so schwer aus, denke ich. Doch kurz bevor ich zum Stehen komme, gibt mir eine Welle einen leichten Schubs, und ich falle. Ich tauche kurz unter, dann aber schnell wieder auf.

»So, und jetzt machen wir das ein paarmal, bis du sicher stehst. Ganz einfach.«

Schon beim dritten Versuch gelingt es mir, und ich muss sagen, es ist wirklich ein schönes Gefühl. Es macht Spaß, sich auf das Board und das Meer zu konzentrieren.

Als es dann schon ganz gut klappt, machen wir eine Pause und ziehen die Bretter zum Strand zurück.

»Das war wirklich ganz schön«, sage ich.

»Ja, und für den Anfang auch nicht schlecht. Irgendwann lernt man, wie man mit den Wellen mitgeht. Ich zeige es dir jetzt mal, okay? Schau mir einfach zu.«

Matti nimmt sein Brett, geht damit wieder ins Meer und legt sich mit dem Bauch darauf. Er paddelt weiter ins Wasser hinein und wartet auf eine Welle. Als diese dann kommt, paddelt er ganz schnell, stellt sich auf das Brett und reitet die Welle. Dabei wirkt er unheimlich glücklich. Er wiederholt das Ganze noch zweimal, ehe er wieder zu mir herkommt. Das Wasser perlt von seinen Lippen ab, und ich mustere sie einen Moment zu lang.

»Da muss ich aber noch einige Male üben«, stelle ich fest.

»Klar, aber so ist das im Leben: Der Weg ist das Ziel«, entgegnet er mit einem Augenzwinkern, bevor er sich vor mich stellt und mich grinsend mustert.

»Was ist?«

»Jetzt nehme ich dich mit dem Kite mit.«

Ich schlucke. »Ehrlich? Das geht einfach so?«

»Jap, ich möchte das ebenfalls anbieten. Tandem-Kite, für all die Ungeduldigen da draußen.«

»Und das funktioniert?«

»Natürlich. Du musst nur das machen, was ich dir sage, aber das kriegen wir hin.«

Nun bereitet Matti alles vor. Er stellt die Bretter wieder ab und holt dafür ein anderes, dazu noch eine Art großen Drachen, zumindest sieht es so aus.

»Das ist das Kite-Tuch«, erklärt er mir, während er den Stoff auf dem Sand auslegt und beginnt, die Leinen ordentlich zu befestigen. Fasziniert beobachte ich, wie sich die Muskeln seiner Arme dabei anspannen. Geschickt macht er alles für unsere Fahrt im Meer bereit, positioniert die Leinen richtig und nimmt schließlich die Bar – so heißt die Stange, wie er mir erklärt – in die Hände. »Jetzt geht es gleich los. Die Vorbereitung ist entscheidend, um auf dem Wasser sicher zu sein. Wir müssen darauf achten, dass alles korrekt und sicher angebracht ist.« Dann erläutert er, wie wichtig es ist, dass ich versuche, das Gleichgewicht zu halten. »Wenn wir jetzt dann gleich im Wasser sind, lenke ich den Kite mit dem Wind.

Das heißt, du denkst vor allem daran, dich gut fest-zuhalten.«

Die Aufregung in mir wird nun deutlich spürbar. »So, dann komm mal zu mir her«, sagt Matti. Das Brett ist bereits im Wasser, und als Matti und ich uns daraufstellen, pocht mein Herz wie verrückt. »Also, ich nehme den nächsten Windstoß mit, und dann geht es los.« Er hält die Kite-Bar fest in seinen Hän-den und zeigt mir kurz, wie er sie bewegt, um den Kite zu steuern. »Bereit?«, fragt er, aber so recht weiß ich es nicht. »Keine Angst«, sagt er mit sanfter Stim-me, und ich nicke. Irgendwie vertraue ich ihm.

»Drei, zwei, eins«, zählt er, dann erhebt sich der Kite, und in mir kribbelt es wie verrückt. Dieses Ge-fühl ist so aufregend. Ja, ich habe etwas Angst, doch die verschwindet, als ich merke, wie geschickt Matti die Leinen lenkt. Der Wind spielt mit dem Tuch und erzeugt ein rhythmisches Flattern. Mein Herz flattert beinahe im selben Takt, so aufregend ist das Ganze. Ich spüre die Kraft des Windes und genieße es, mit ihm über das Meer zu fliegen.

»Es ist so toll!«, rufe ich, auch wenn ich weiß, dass Matti konzentriert bleiben muss. Aber irgendwie musste das einfach aus mir heraus. Weil es so ist. Dieser Tanz zwischen uns und dem Kite, ein Zu-sammenspiel von Kontrolle und Anpassung. Und dann dieses Gefühl, auf eine Weise schwerelos sein zu können.

Eine Weile fliegen wir noch, bis Matti den Kite wieder in Richtung Ufer lenkt und die Leinen glei-ten lässt. Der Zug wird langsamer, und wir kommen zum Stehen – total sanft, was ich gar nicht erwartet hätte. Und so erreichen wir schließlich wieder den Strand. Matti legt alles aus und verpackt den Kite.

Wenig später sitzen wir im Sand. Matti hat noch Limonade geholt.

»Hat doch gut geklappt, oder?«, fragt er, während wir den ersten Schluck nehmen.

»Ja, das hätte ich nicht gedacht, aber es hat wirklich Spaß gemacht«, antworte ich und spüre den warmen Sand unter meinen Füßen.

»Absolut«, stimmt er mir zu, »ich liebe es einfach.«

»Das merkt man, du gehst total darin auf.«

»Danke. Genau das ist es, was ich machen will. Den Menschen dieses Gefühl geben.«

Ich sehe hinaus aufs Meer, wo ein einzelnes Boot auf dem Wasser treibt, und genieße es so sehr. Wie konnte ich auch nur einen Gedanken daran verschwenden, in den Harz zu fahren, wenn ich hier sein kann? Den Sand spüren, die Wellen …

Matti ist meinem Blick gefolgt. »Sieht hübsch aus, oder?«

»Total, wie es dort so allein treibt.«

»Aber es ist gar nicht allein. Da ist das Meer, der Wind, da sind wir …« Mit einem Mal schaut er mir intensiv in die Augen.

»Hör auf, mich so anzusehen. Das ist sicher auch einer deiner Tricks, oder? Die Mädchen mit ans Meer nehmen, und schon hast du ihre Herzen erobert«, necke ich ihn.

Er lacht. »Ja, das Meer ist definitiv ein hilfreicher Kuppler«, gibt er scherzhaft zu, und ich rolle mit den Augen. »Was? Ich bin nur ehrlich.«

»Du hattest diesen Moment hier sicher schon mit einigen Seesternen, hm?« Erneut treffen sich unsere Blicke.

»Ja. Aber soll ich dir was sagen? Seit längerer Zeit bist du die Erste, mit der ich hier so sitze«, gesteht er.

»Ach, komm schon.« Ich proste ihm mit meiner Limoflasche zu. »Was ist für dich ein längerer Zeitraum?«

»Na ja, mindestens drei Wochen.«

»Idiot!«, entfährt es mir, doch ich kann mir ein Grinsen nicht verkneifen. »Also, wirklich?«

»Wirklich! Außerdem bist du kein Seestern.«

Hat er das tatsächlich gesagt?

»Nein?«

»Natürlich nicht. Und ganz ehrlich, ich genieße die Zeit mit dir seit gestern sehr. Das meine ich ernst. Zudem hatten wir beide keinen Sex. Da steckt mehr dahinter.«

»Ach du …« Ich stupse Matti in die Seite.

»Aber Spaß beiseite, ich sitze nicht wegen der Mädels oft am Meer, sondern weil ich es liebe«, erklärt er. »Das Meer hat seine eigene Magie, es hat mich schon immer angezogen. Schon als kleiner Junge hatte ich Spaß daran, in den Wellen zu sein. Später, als ich dann das Surfen lernte, wurde es zu einer Art Entspannung für mich. Eine Passion, eine Leidenschaft. Es war wie eine Meditationsform, bei der ich eins wurde mit dem Wasser, im Einklang mit mir selbst sein konnte. Und es hat mich erfüllt, den Menschen das genauso beizubringen. Es ist etwas, das man einfach braucht. Und der Reiz der Gefahr hat mich auch immer angezogen.« Er hält kurz inne. »Eigentlich ist das Meer mein Ort der Ruhe. Hast du auch so einen Ort?«, fragt er nun neugierig.

Ich zucke mit den Schultern. »Jetzt wo du es sagst … eigentlich nicht wirklich. Es gibt mir Ruhe, wenn ich fotografiere und kreativ bin. Bei mir ist es kein bestimmter Ort, einfach nur dieses Gefühl, das ich aber ziemlich lange beiseitegeschoben habe. Doch jetzt hier zu sein, wühlt mich tatsächlich etwas auf. Ja, das Meer hat schon etwas Magisches, ich bin froh, dass ich hierhergekommen bin«, sage ich mit einem Mal, es kommt einfach so aus mir heraus.

»Wolltest du denn woandershin?«

Ich atme tief durch, während ich meinen Blick erneut schweifen lasse. »Nein, eigentlich nicht, aber …« Ich stocke. »Es ist kompliziert.«

»Ach ja, das Drama.« Matti zwinkert mir zu.

»Ja, ich hatte einiges an Drama. Und ich habe mich wie dieses Boot gefühlt: irgendwie verloren, vom Leben mit Kirschsaft beworfen.«

»Okay, das musst du mir erklären. Manchmal fühlt man sich so. Doch ich denke, dieser Schritt, wenn wir gezwungen sind, uns zu sortieren, ist unfassbar wertvoll. Manchmal passieren Dinge, die wir nicht eingeplant haben, Unvorhergesehenes, das uns aber den richtigen Weg zeigt, den wir ohnehin gehen wollten. Und du wolltest ja ans Meer. Am Ende sollte es einfach so sein. Schicksal.«

»Meinst du das ernst?«

»Ja, ich denke schon. Ich meine, schau dir das Meer an.« Er zeigt auf die sanft auf und ab rollenden Wellen. »Es ist ein ständiges Auf und Ab. Mal ist es ruhig, mal stürmisch. Ganz gleich zu welcher Jahreszeit. Und genau so ist es im Leben doch auch. Erst wenn es stürmisch wird, überlegen wir, wie wir das Boot lenken können, damit es nicht untergeht. Wenn alles scheinbar glattläuft, haben wir ja keinen Grund, darüber nachzudenken.«

»Das stimmt«, pflichte ich ihm bei, denn das, was er sagt, macht Sinn. Auch ich habe, als das mit Martin passierte, zum ersten Mal wieder darüber nachgedacht, was ich wirklich will. Klar waren vorher die Gedanken auch da, aber ich hatte keinen Grund, etwas zu ändern. Oder keinen Ansporn? Weil das Boot ja ganz bequem auf dem Meer schaukelte.

»Blöd, dass immer erst irgendwas passieren muss, oder?«, frage ich.

»Jeden Tag passiert etwas, Katha. Das wird immer so sein, und das ist auch gut so. Hauptsache, man bekommt das Boot gut durch die See gelenkt.«

»Matti, Matti, du bist ja ganz schön poetisch.« Erstaunt sehe ich ihn an, und er legt den Kopf schief.

»Manchmal. Aber verrate es niemandem, okay?«

»Ich schweige«, sage ich und halte mir einen Finger an die Lippen. Doch dann räuspere ich mich. »Ich habe irgendwie das Gefühl, dass du aus Erfahrung sprichst, Mister Surferboy. Was ist mit deinem Boot?«

»Ganz ehrlich? Natürlich musste auch ich schon das eine oder andere hinnehmen. Ich weiß, ich habe einen sexy Körper, aber damit allein kommt man nicht voran im Leben«, gibt er zu, und wir brechen beide in Gelächter aus, als er sich demonstrativ über die Brust streicht.

»Du bist so schlimm, wirklich. Also ist das Problem dein sexy Körper?«, schlussfolgere ich. »Ich dachte, das funktioniert ganz gut?«

Er verzieht gespielt getroffen das Gesicht. »Leider nein.«

»Zu schade. Wurdest du nur auf deinen Körper reduziert? Oder was musstest du sonst noch alles hinnehmen?« Jetzt bin ich doch neugierig geworden.

»Ja, das. Und dass du mich heute Morgen rausgeworfen hast zum Beispiel.« Er sieht mir tief in die Augen.

»Ach komm, im Ernst?«

»Ja. Das fand ich schon ziemlich verletzend.«

Ich boxe ihn in die Seite. »Sag jetzt, ganz ernsthaft.«

»Also schön. Aber ich erwarte die Ehrlichkeit dann auch von dir.«

»Okay.«

»Nun, es ist so: Eigentlich hatte ich den Plan, dieses Jahr bei der Weltmeisterschaft im Kitesurfen dabei zu sein, die zufälligerweise hier auf der Insel stattfand. Ich habe wirklich hart trainiert und wollte gewinnen. Natürlich, wer macht schon bei einem Wettbewerb mit, um dann nicht zu gewinnen? Alles schien perfekt zu laufen. Für den Winter hatte ich dann geplant, ebenfalls ins Ausland zu gehen. Mein Leben fühlte sich perfekt an, es bestand einfach aus Spaß. Die Mädels um den Finger zu wickeln, mir keine Gedanken zu machen. Aber dann habe ich mir den Arm angebrochen.«

Man könnte meinen, dass dies nichts Schlimmes ist, doch ich sehe Matti an, wie sehr es ihn mitnimmt.

»Und das war schlimm für dich, richtig?«, vermute ich. »Schlimmer, als alle ahnen?«

»Ja, sehr. Es war ziemlich frustrierend.«

»Das tut mir wirklich leid. Ich habe das gestern schon gemerkt, als von Jan dieser Spruch kam.«

»Ja, einige haben sich darüber amüsiert. Das Karma, meinten sie, weil es ein Seesternmädchen war. Klar, ich habe es selbst verschuldet. Sie war sauer, hat mich vom Surfbrett geschubst, und ich bin echt blöd gefallen. Aber so schlimm es auch war, dadurch fing ich an, über das Leben nachzudenken. Darüber, was ich will. Ich musste mich neu sortieren und Fragen stellen, die zuvor nicht da gewesen waren. Und auch wenn ich es in diesem Moment schlimm fand, ist es auf der anderen Seite wieder gut. Hätte ich mir nicht den Arm angebrochen, wäre ich nicht mehr hier. Ich hätte das mit der Surfschule nicht in Angriff genommen und wohl nicht mit dem Gedanken gespielt, doch mal den Anker zu werfen. Jetzt ist es anders. Und dann treffe ich auch noch dich, mit deiner Begeisterung für Fotos, Zeichnungen und Marketing. Wer weiß, warum das passiert ist. Jedenfalls habe ich jetzt einen neuen Plan, den Wunsch, hier zu sein und Menschen in meiner eigenen Schule das

Surfen beizubringen. Ihnen etwas zu bieten: Erholung, ausspannen, coole Erlebnisse.«

»Wow.« Ich sehe ihn an. »Du meinst das ernst, oder?«

»Ich meine es sogar sehr ernst. Und ich bin mehr als nur mein Körper.« Jetzt grinst er, und ich lache ebenfalls herzlich.

»Ja, Matti, du bist definitiv mehr als das. Und ich weiß nicht, ob es gut ist, dir das zu sagen, aber da steckt doch ganz schön viel unter der harten Seesternschale.«

Er winkt ab, und doch ist da wieder dieses Lächeln. Auf einmal nimmt er meine Hand. »Ohne Spaß, danke, dass du das gesagt hast. Und jetzt du. Erzähl mir von deinem Drama.«

»Ich?«

»Ja, du. Los, raus mit der Sprache. Du kannst mit mir darüber reden.«

»Na schön. Ich habe auch über vieles nachgedacht, vor allem in den letzten Monaten und Tagen«, erzähle ich. »Mein Freund …«

»Moment, was? Du hast einen Freund?«, unterbricht Matti mich überrascht.

»Entschuldige, nein, mein Ex-Freund.« Ich amüsiere mich, weil ich genau wusste, dass ich ihn damit kurz ärgern kann.

»Katha, Katha … Also, erzähl weiter.«

»Okay, wobei wir wieder bei der Sache mit dem Boot auf ruhiger See wären. Bei mir war es auch so. Mit ihm hat es eigentlich nicht wirklich funktioniert. Er war nett, und ich war auch verliebt, aber eigentlich war die Beziehung mit ihm nicht wirklich das, was ich gesucht hatte. Ich habe mich trotzdem da reingestürzt, weil ich irgendwie Halt suchte, nachdem ich diesen verloren hatte.«

Matti sieht mich ernst an. »Was ist passiert?«

»Na ja, ich war nach Nürnberg gekommen, um mich weiterzubilden. Nach dem Studium war ich eine Weile in München in einer kleinen Agentur, fotografierte nebenbei weiter, reichte meine Bilder bei Wettbewerben ein und gewann sogar einen Preis. Bei einem wirklich tollen Fotografen, der sehr angesehen ist. Frank Kreiner. Ein Kurs zusammen mit ihm, wow, ich war so stolz.« Ich schlucke. »Er ist einer der Besten im Bereich der Konzeptfotografie und wie gesagt überaus angesehen. Alles lief gut, er meinte, aus mir könnte man etwas machen. Ich habe dann noch Mias Wohnung übernommen … Doch meistens kommt es anders, als man denkt«, sage ich und blicke zum Meer. »Er wollte, dass ich bei seinen großen Aufträgen dabei bin, in sein Team komme. Und eines Abends, da hat er mich einfach geküsst.« Der besagte Abend drängt sich wieder in meine Gedanken, und meine Stimme beginnt zu zittern. »Ich wollte das nicht, aber er zog mich einfach an sich, ich war total von der Situation überfordert. Er meinte, ich hätte ihm Signale gegeben. Und er hätte Großes mit mir im Sinn, wenn ich ein bisschen nett zu ihm wäre.«

»Ernsthaft? So ein Wichser.«

»Ich schob ihn weg, sagte, dass ich das nicht will, weil wir doch zusammenarbeiten. Plötzlich schrie er los. Dass ich ein kleines, untalentiertes Mädchen sei und niemals mehr irgendwo Fuß fassen würde. Und dass er mich sicher nicht wegen meines Könnens ins Team geholt hätte.«

»Wow, ich bin schockiert. Das tut mir so leid.«

»Ich ... ich habe mich gefragt, ob das wirklich so ist. Ob ich ihm tatsächlich Signale gegeben habe. Aber ich wollte doch nur mit ihm zusammenarbeiten, ich dachte ernsthaft, er findet mich als Fotografin gut.«

»Du *bist gut*, deine Bilder sind der Wahnsinn«, bekräftigt Matti.

»Ich habe nirgendwo in der Stadt und auch in der weiteren Umgebung mehr einen Job bekommen, denn er hatte mich überall schlechtgemacht. Wenn ich mich irgendwo bewarb, hieß es immer: Nein, es geht leider nicht. Ich sei nicht gut genug, nicht diszipliniert. Das war schlimm. Ich habe allen Leuten erzählt, dass ich mit dem Fotografieren aufgehört hätte, weil es mir an Talent fehlt. Was wirklich dahintersteckte, habe ich verschwiegen, weil ich mich so schämte. Ich dachte, dass ich ihm vielleicht wirklich Hoffnungen gemacht habe und nicht gut genug bin ...«

»Das ist doch Unsinn«, entgegnet Matti, und ich merke, wie meine Augen feucht werden. Schnell räuspere ich mich.

»In dieser Zeit habe ich Martin kennengelernt, der sowieso der Meinung war, dass sich die ganze Fotografiererei nicht lohnt. Und deshalb dachte ich, ich sollte es lieber bleiben lassen.«

»Oh Mann, das alles tut mir so unfassbar leid. So ein Mistkerl.«

»Der Einzige, der mich dann doch eingestellt hat, war mein Chef Björn. Er hat ein Passbildstudio, Bewerbungsfotos und solche Dinge. Ich dachte, na ja, dann habe ich wenigstens einen sicheren Job, aber glücklich bin ich dort nicht wirklich. Doch irgendwie musste ich mich ja fügen, oder? Und ich hatte wie gesagt Martin und wollte mich darauf konzentrieren, mit ihm ein sicheres Leben zu haben. Oh Mann, wie sich das anhört. Alle sagten mir, ich soll keine Angst vor Frank, diesem bescheuerten Kerl, haben. Und von meiner Beziehung mit Martin war auch niemand begeistert. Mia meinte, ich würde mich da in etwas hineinstürzen, das keinen Sinn macht. Das Schicksal wird es mir zeigen, denn es kann sein wie eine Möwe. Du erinnerst dich?« Ich lächele.

»Ja, ich erinnere mich. Und das hat es dann auch getan? In Form von Kirschsaft?«

»Auch. Es gab wohl einige Anzeichen, das größte kam am Tag meiner Abreise. Ich wollte eigentlich nach Sylt, Martin jedoch in den Harz, und ich war schon kurz davor, mich auch diesmal zu fügen. Doch dann war im Fotostudio so ein schreckliches Kind, das nicht folgen wollte und mich mit einer offenen Flasche Kirschsaft beworfen hat.«

»Ah, jetzt verstehe ich.«

»Das war aber nicht alles. Martin und seine Mutter, das ist echt so eine Sache. Annegret, so heißt sie, hat sich andauernd in unsere Beziehung eingemischt.« Ich atme tief durch. »Sie buchte auch einfach das Hotel im Harz. Als ich dann von der Arbeit nach Hause kam mit meinem Kirschsaftfleck auf der Bluse, überraschten sie mich mit der Neuigkeit. Annegret wollte mit in den Urlaub fahren und sich um Martins und meine Zukunft kümmern. Sie fragte sogar nach dem Datum meines Eisprungs. Kannst du dir das vorstellen? Da wusste ich, dass es so echt nicht weitergehen kann.«

Matti starrt mich erst einfach nur an, sprachlos. »Das ist kein Spaß, oder?«, fragt er schließlich, und es hört sich so an, als hätte er ein klein wenig Hoffnung, dass ich mir nur einen Scherz erlaubt habe.

»Nein, genau so ist es passiert. Und dann bin ich einfach losgefahren.«

Matti legt den Kopf schief. »Okay, und jetzt verstehe ich auch deine Frage nach meiner Mutter.«

»Sorry, wie ich reagiert habe, aber es musste sein. Das war alles zu viel für mich.«

Wir müssen beide lachen – eine kurze Ablenkung von der Schwere des Gesprächs.

»Ich kann nur noch mal sagen, dass es mir unglaublich leidtut. Was du da erlebt hast, ist echt heftig. Vor allem das mit diesem Fotografen«, sagt er plötzlich mit sanfter Stimme und nimmt meine Hand.

Ich fühle seine wärmende Berührung. »Schon gut, es ist sicher besser so. Denn dadurch muss ich mein Boot wieder in den Griff bekommen.«

»Du wirst mir das jetzt nicht glauben, aber der Fotograf, den ich angefragt habe, ist genau dieser Typ. Frank Kreiner.«

Entgeistert sehe ich Matti an. »Ehrlich?«

»Ja, ich bin bei meinen Recherchen auf ihn gestoßen, weil ich gehört hatte, dass die Gemeindeverwaltung etwas mit ihm machen möchte. Ich dachte, dann wäre es bestimmt eine gute Sache, ihn auch für mein Projekt zu buchen.«

»Das ist echt heftig.«

»So langsam glaube ich, dass das Schicksal tatsächlich seine Finger im Spiel hat. Und wenn es nur dafür ist, dass du mir hilfst und es diesen Idioten zeigst.«

»Ach, ich weiß nicht …«

»Ich schon«, antwortet Matti einfühlsam und drückt meine Hand fest. Plötzlich schaut er mir tief in die Augen. »Und ich vermute mal, weil du jetzt dein Boot wieder in den Griff kriegen sollst.« Er deutet zum Meer und sieht dann wieder mich an.

»Du willst ja nur, dass ich dir helfe.«

»Daran ist nichts falsch. Also, was meinst du? Kannst du es dir vorstellen? Nicht nur für mich, vor allem für dich. Du kannst so viel.«

Noch ehe ich antworten kann, klingelt mein Handy. Es ist Mia. Wahrscheinlich möchte sie mich an unser geplantes Treffen am Abend erinnern. Mist.

»Tut mir leid, da muss ich kurz rangehen«, sage ich und nehme den Anruf entgegen. »Hey Mia.«

»Hey, was treibst du denn? Bist du immer noch mit Matti unterwegs?«

»Ja, ich bin mit Matti am Strand. Er hat mir das Surfen beigebracht – oder es zumindest versucht.«

Kurz ist es still am anderen Ende der Leitung. »Oh, das ist ja toll«, meint sie dann mit heiterer Stimme. »Wie sieht es bei dir aus? Treffen wir uns? Kommst du zum Café? Ich bin schon neugierig, was du herausgefunden hast.«

Ich sehe zu Matti und hoffe, dass er es nicht gehört hat. »Klar, ich mache mich auf den Weg. Dann sehen wir uns gleich, ja?«

»Perfekt, ich freue mich.«

Schließlich legen wir auf.

»Es war echt schön heute«, sage ich zu Matti, »aber ich sollte dann mal los.«

Er nickt. »Klar. Was habt ihr vor?«

»Keine Ahnung. Reden, was trinken …«

Ich stehe auf und Matti ebenfalls. Irgendwas ist da in seinem Blick, das ich nicht deuten kann. Klar, ich bin ihm noch eine Antwort schuldig.

»Also wegen deiner Frage von vorhin: Mal sehen, okay? Ich denke darüber nach.«

»Ja, mach das.« Er streicht sich durch die Haare. »Aber lass dir noch eines gesagt sein: Manchmal ergeben sich Gelegenheiten perfekt. Ich denke … na ja, es würde super passen, und ich wäre dir echt dankbar. Auch wenn du gerade nicht mehr weißt, dass da dieses Feuer in dir ist, solltest du dich nicht davor fürchten, es neu zu entfachen.«

Dann stehen wir uns einen Moment lang stumm gegenüber. »Wie kommst du jetzt zum Café?«, will er wissen.

»Zu Fuß, denke ich.«

»Wenn du möchtest, fahre ich dich.«

Doch ich winke ab. »Quatsch, ist nicht nötig …«

»Komm schon, so bist du schneller dort. Und nicht, dass du mir noch verloren gehst. Oder hast du Angst, dass sie uns zusammen sehen?«

Als er die Worte ausspricht, muss ich grinsen. »Ich habe keine Angst.« Ich strecke mich ein wenig und muss zugeben, dass ich das Surfen mit Matti in den Knochen spüre. »Also gut«, stimme ich schließlich doch zu.

»Prima, mein Fahrrad steht da oben.« Er deutet in Richtung der Promenade.

»Dein Fahrrad?«

Er nickt. »Klar. Also los, lass uns gehen.«

Wenig später sitze ich tatsächlich bei Matti auf dem Fahrrad. Auf dem Gepäckträger, um es genau zu sagen.

»Also, sitzt du gut? Bist du bereit?«, will er wissen, aber ich bin mir noch nicht ganz sicher.

Das Gefühl ist irgendwie schön, bekannt, weil wir früher oft so herumfuhren, als wir noch Teenager waren, jedoch auch ungewohnt, weil es eben schon so lange her ist.

»Ich denke schon.«

»Gut, dann halte dich mal schön fest.«

Ich schlinge meine Arme um seinen Oberkörper, was sich zugegebenermaßen wirklich gut anfühlt, dann geht es auch schon los. Matti tritt in die Pedale, und wir fahren die Promenade entlang in Richtung Café. Die Sonne steht schon tiefer am Himmel, und bestimmt ist es schön, hier auf Sylt den Sonnenuntergang anzusehen und auf Fotos festzuhalten. Und für den Sonnenaufgang gilt sicher dasselbe. Ich genieße den Wind in meinen Haaren, und mit einem Mal sind da verschiedene Gedanken in meinem Kopf. Das Ganze ist echt verrückt. Dass Matti ausgerechnet bei Frank angefragt hat und dass ich nach einem Seestern Ausschau halten soll.

Soll ich Matti wirklich helfen?

Doch ich schiebe die Gedanken wieder weg. Ja, es war schön, darüber zu reden, mich jemandem anvertrauen zu können. Aber eigentlich ist es doch Unsinn, oder? Da ist immer noch etwas, das mich hemmt. Das Gefühl, nicht gut zu sein. Und vor allem Angst.

Währenddessen haben wir das Café fast erreicht, zumindest kann ich es schon sehen. Mein Herz klopft heftig. Irgendwie bin ich doch nervös, schließlich wird Mia gleich bemerken, dass Matti mich gefahren hat. Und Bene ebenfalls, da er an den Außentischen gerade Gäste abkassiert.

Glücklicherweise stoppt Matti nicht direkt vor dem Café.

»Danke«, sage ich, als ich abgestiegen bin und mir die Haare aus dem Gesicht streiche.

»Kein Problem. Ich danke dir für dein Vertrauen. Dann machst du dir mal Gedanken und meldest dich … morgen?«

Ich lächele. »Ja, ich melde mich.«

»Versprochen?«

»Lass dich überraschen.«

Matti nickt. »Okay, ich lasse mich überraschen. Aber denke wirklich darüber nach, wie gesagt, nicht für mich, sondern für dich.«

Dann fährt er davon, und ich sehe ihm noch einen Moment lang nach.

Wenn man den Kopf ausschaltet,
hört man das Herz besser,
und dieses kennt die Antwort
meistens ganz genau.

WÄRE
das fair?

Als ich das Café betrete, schwirrt mein Kopf noch immer, doch ich versuche, nicht mehr zu sehr an das alles zu denken. Mia und Bene sehen mir von der Theke aus neugierig entgegen. Sie wollen sicher wissen, wie der Tag war. Aufregend, sehr sogar.

»Na, wie war's heute?«, fragt Mia, während Bene nach draußen deutet.

»War das eben echt Matti, der dich hergefahren hat?«, will er wissen.

Ich beiße mir auf die Lippe und will etwas entgegnen, doch Mia kommt mir zuvor. »Ja, denn was du nicht weißt: Katha ist unsere Superspionin, sie wickelt den armen Matti regelrecht um den Finger.«

Ich schlucke und lächele verlegen. »Na ja, so ist es auch wieder nicht. Es war echt interessant, mit ihm zu reden.«

»Und das Surfen?«, hakt Mia nach.

»Das war auch ziemlich gut, das hätte ich nicht gedacht.« Ohne dass ich etwas dagegen tun kann, spüre ich ein gutes Gefühl in mir, etwas, das ich lange nicht hatte. Ja, Matti hat mich in der kurzen Zeit richtiggehend fliegen lassen.

Fliegen lassen – habe ich das wirklich gedacht?

»Na, dann schieß mal los«, reißt Mia mich aus meinen Gedanken. »Du musst uns alles ganz genau erzählen. Fine und Jan kommen auch gleich, und wir haben bei Felix etwas zu essen bestellt.«

»Felix?«

»Er ist der Chefkoch im Sonnenhof. Wir dachten, es wäre nett, wenn wir uns alle hier zusammensetzen.«

»Das klingt toll«, lobe ich sie. »Ich habe ziemlichen Hunger, ich hatte ja nur das Krabbenbrötchen, wobei das wirklich gut war. Dieser Imbiss ist echt nicht schlecht.«

»Krabbenbrötchen? Hab ich da gerade das Wort *Krabbenbrötchen* gehört?« Auf einmal stehen Jan und Fine neben uns und winken in die Runde.

»Na, alles gut bei euch? Wie war der Ausflug?«, fragt Mia die beiden.

»Super. Wir sind zum Möwennest gefahren, der Ausblick ist einfach ein Traum.« Fine sieht Jan verliebt an. »Anschließend haben wir noch eine kleine Dünenwanderung gemacht und uns dann einfach ans Meer gesetzt.«

»Es war echt ein schöner Tag«, pflichtet Jan ihr bei, ehe er sich nun mir zuwendet. »Und du hast

Krabbenbrötchen gegessen? Doch nicht etwa drüben beim Imbiss am Strand?«

»Ja, ich war bei diesem Imbiss. Du meinst doch die Bretterbude, wo es so leckere Krabbenbrötchen gibt?«

Er nickt. »Der ist super, oder? Der beste hier.«

»Das kann ich bestätigen.« Fine kichert und deutet auf einen der Tische. »Setzen wir uns dorthin?«

Mia blickt auf die Uhr. »Felix meinte, er würde jemanden rüberschicken, das Essen müsste also gleich hier sein.«

Wie auf Kommando betritt ein junger Mann das Café. Er hält eine Warmhaltebox in den Händen und sieht sich um. »Die Lieferung vom Sonnenhof?«, fragt er.

Während Bene ihm die Box sogleich abnimmt, nickt Mia. »Ja, perfekt, ich danke dir.«

»Felix meinte, ich soll gleich noch was von den Rosenprodukten mitnehmen«, erklärt er.

»Das mache ich schnell. Kommst du kurz mit mir mit?« Mia deutet in Richtung Küche, und während sie sich mit dem Lieferanten auf den Weg dorthin macht, stellt Bene die Box auf den Tisch und packt sie aus.

»Soll ich Teller holen?«, fragt Fine.

»Das wäre super.«

Ich räuspere mich. »Ich kann auch helfen«, sage ich zu Fine.

»Prima, dann komm mal mit.«

Gemeinsam stellen wir das Geschirr auf den Tisch und decken alles ein. Mia kommt kurze Zeit später auch zurück und bringt noch jeweils eine Flasche Wein und Wasser mit. Dann beginnt sie, die Schüsseln mit dem Essen zu öffnen. Sofort steigt mir ein besonders würziger Duft in die Nase, und ich entdecke allerlei Leckereien.

»Das ist eine Pastete aus verschiedenen Fischen mit Gemüse«, erklärt mir Mia. »Die musst du unbedingt probieren.«

Ich habe schon aus Erzählungen gehört, wie gut das Essen von Felix sein soll. Er hatte sich ja ursprünglich mal auf die Stelle im Café beworben, die dann Mia und Bene gemeinsam bekamen.

Und tatsächlich schmeckt alles unfassbar aromatisch. Als ich die Pastete probiere, seufze ich auf. »Wow, die ist richtig gut, ebenso die Muscheln und diese Kräutercreme.«

Mia nickt. »Die ist aus frischen Salzkräutern. Der Wahnsinn, oder? Und probiere das hier mal, wie er die Rosengewürze nutzt.«

»Das sind die Gewürze von euch, die ihr aus den Rosen herstellt?«, hake ich nach.

»Ja, und ich finde es toll, wie alles zusammen harmoniert und wie man sich auf der Insel gegenseitig hilft.«

Während wir essen, berichtet Fine von ihrem Ausflug, und Bene erzählt von einer Kundin, die sich heute aufgeregt hat, weil eine Möwe zu nah an ihren Tisch kam.

»Ich habe ihr erklärt, dass die Tiere immer wiederkommen, wenn sie sie füttert. Aber manche Touristen verstehen das echt nicht. Möwen sind keine süßen kleinen Vögel, das sind richtige Raubtiere.«

Mia lacht. »Und Ringdiebe.«

Irgendwie bin ich erleichtert, dass wir gerade so lockere Gesprächsthemen haben und ich noch nichts wegen Matti gefragt wurde.

Doch irgendwann stupst Mia mich am Ellenbogen an. »Aber jetzt bin ich neugierig, wie es bei dir war, Cousinchen. Hast du was herausgefunden?« Als Jan und Fine sie fragend ansehen, erklärt sie rasch: »Ach, entschuldigt, ihr wisst ja noch gar nicht, was heute war. Katha war mit Matti unterwegs, denn …«

Sie berichtet nun, dass ich eigentlich Fotografin bin und dass Matti sich geschäftlich mit mir treffen wollte.

»Das ist ja spannend«, meint Jan. »Also?«

Ich räuspere mich. »Okay. Matti hat tatsächlich den Plan, sich zu bewerben und die Surfschule zu leiten. Dazu hätte er gern das leer stehende Gebäude.«

Mia klopft mit den Fingerspitzen auf den Tisch. »Wusste ich es doch. Und was will er jetzt genau von dir?«

»Ich soll ihm dabei helfen, sein Konzept visuell umzusetzen. Er hat da noch ein paar Pläne, Erlebnisse anzubieten und vielleicht sogar eine Art Surferpension oder Camp aufzubauen.«

»Das klingt ja erst mal nicht so schlecht«, sagt Bene. »Ich finde, die Surfschule machte schon was her.«

»Schon«, entgegnet Mia, »aber ich weiß nicht ... Er will das also groß aufziehen? Und du willst ihm dabei helfen?«

Ich zucke mit den Schultern. »Mal sehen, ich habe ihm gesagt, dass ich darüber nachdenke. Was ist denn jetzt euer Plan?«, frage ich, weil ich es gern wissen möchte.

»Na ja, das Café erweitern. Eine Pension oder so was in der Art wäre schon interessant. Ich habe auch bereits etwas aufgeschrieben. Aber ...« Mia mustert mich. »Die Idee, ein Konzept visuell umzusetzen, ist allerdings viel besser. Könntest du das für uns machen? Ich meine, du bist wirklich gut, auch wenn du gerade ein Tief hast und wegen dieses Idioten nicht an dich glaubst.«

Mein Herz klopft mit einem Mal schneller, denn Mia kennt ja nicht die ganze Geschichte. »Ähm, also ...« Ich zögere. »Prinzipiell schon. Aber wie stellt ihr euch das vor? Erstens weiß ich nicht, ob ich das kann, und außerdem ... Soll ich dann Matti absagen?«

»Du kannst das, du bist gut. Er hat es auch gesehen. Aber er ist eben Matti. Klar sagst du ihm ab«, entgegnet Fine bestimmt. »Der wird sicher ziemlich blöd aus der Wäsche gucken, wenn du plötzlich unser Konzept machst.«

Ich weiß nicht, was ich sagen soll. Die Situation überfordert mich. Irgendwo kann ich schon nachvollziehen, dass die anderen Matti nicht mögen, habe jedoch auch das Gefühl, dass sie ihn gar nicht richtig kennen. Matti hat mir heute zugehört, wir haben uns super verstanden – und jetzt soll ich mich ihm gegenüber so verhalten?

»Worüber machst du dir Gedanken?«, will Mia wissen, und ich fühle mich ertappt.

»Ach nichts, nur ...«

»Wegen ihm musst du dich nicht schlecht fühlen. Als ob Matti irgendetwas ohne Eigennutz machen würde«, sagt sie, und ich nicke leicht.

Ist das so? Aber was war das dann heute zwischen uns? Die Sache mit dem Surfen und unser Gespräch. Wobei, so uneigennützig war es auch nicht, er will ja immerhin etwas von mir. Wie auch immer.

Jedenfalls bin ich froh, als das Gespräch dann wieder in eine andere Richtung geht und ich jetzt erst mal noch keine Entscheidung treffen muss.

Als ich schließlich zurück in mein Apartment komme, bin ich nicht nur pappsatt, sondern auch ziemlich müde. Der Tag war zwar unheimlich schön, jedoch auch anstrengend. Ich spüre meine ersten Surfversuche und das Kiten doch in meinen Muskeln. Vielleicht aber auch die Gespräche.

Nachdem ich mich geduscht habe und dann im Bett liege, kreisen meine Gedanken. Soll ich wirklich Matti einfach absagen beziehungsweise mich nicht mehr bei ihm melden? Das wäre doch nicht fair? Ich sollte das alles nicht machen. Wer weiß, ob ich es überhaupt kann. Und ich will es auch gar nicht. Oder?

Mit einem Mal stecke ich in einem Gefühlschaos. Ich kann Mia und Fine ja verstehen, dass sie nicht so viel von Matti halten. Auf der anderen Seite gibt es Schlimmeres. Sehr viel Schlimmeres. Klar hat er Frauen ausgenutzt, aber seine Gedanken finde ich eigentlich ziemlich schön. Erlebnisse anzubieten. Und es hat gutgetan, mit ihm über alles zu reden.

Oh Mann. Was mache ich nur? Vermutlich ist es das Beste, erst einmal eine Nacht darüber zu schlafen, denke ich mir. Lange werde ich sicher auch nicht brauchen, um einzuschlafen.

Ich will mich gerade auf die Seite drehen, als mein Handy aufleuchtet und ich sehe, dass ich eine Nachricht von Matti bekommen habe. Er fragt, wie mein Abend war, wie es mir geht und ob ich mir schon Gedanken gemacht habe. Oje, wenn er wüsste. Ich habe mir einige Gedanken gemacht. Zu viele.

Kurz überlege ich, ob ich ihm zurückschreibe, doch ich tue es nicht. Ich muss mir erst einmal über alles klar werden. Und so lege ich das Handy weg und schließe die Augen.

ICH BRAUCHE
Ablenkung

Am nächsten Tag tut mir alles weh, und ich beschließe, einfach mal abzuschalten, ein Buch in die
Hand zu nehmen und mich an den Strand zu legen.
Ich will nichts mehr von der Idee wissen und sie
einfach zur Seite schieben.

Vorher besuche ich noch Mia im Café. Wir reden
allerdings nur kurz und beschließen, dass ich sie
zum Feierabend besuche und wir dann ja etwas zusammen unternehmen können. Zu mehr fehlt die
Zeit, weil gerade viel los ist.

Und so mache ich mich bald wieder auf den Weg
und nehme mir einen der Strandkörbe. Ich lese, lasse
die Seele baumeln und versuche, alles von mir zu
schieben. Bisher hat das doch gut geklappt, warum
jetzt nicht mehr? Ob ich es will oder nicht, denke ich
immer wieder an Matti. Weil ich ihm noch eine Ant-

wort schuldig bin. Und auch Mia muss ich etwas sagen. Die ganze Sache belastet mich.

Irgendwann setze ich mich auf und entdecke Heiner, den *Inselguru*, wie ich ihn für mich genannt habe. Er steht am Strand und wirkt ziemlich entspannt. Eine Weile beobachte ich ihn, bis er sich umdreht und mich bemerkt. Lachend kommt er auf mich zu.

»Moin. Das Fräulein Sonnenschein hat es sich gemütlich gemacht?«

»Ja, ich habe Urlaub und versuche, mal abzuschalten von allem, was mich nervt.«

»Das ist eine gute Idee. Abschalten ist so wichtig für die Seele.« Er sieht mich eindringlich an. »Aber das gelingt nicht so gut, hm? Was ist los?«

Okay, irgendwie wird er mir ein bisschen unheimlich.

»Können Sie Gedanken lesen oder so?«, will ich wissen, und er lacht.

»Menschen kann ich lesen und den Ausdruck in ihren Gesichtern. Also habe ich Recht?«

»Es gibt schon ein paar Dinge, die mir keine Ruhe lassen«, gebe ich zu.

»Da hilft nur, für eine Weile den Kopf auszuschalten und ihm die Möglichkeit zu geben, wieder klar zu werden.«

»Wenn das so einfach wäre.« Ich seufze.

Er streicht sich über seinen Schnurrbart. »Es *ist* einfach. Wenn man den Kopp ausschaltet, hört man das Herz besser, und dieses kennt die Antwort meistens ganz genau.« Er streckt sich. »Jut, ich mach mich mal wieder auf den Weg. Aber wir sehen uns sicher wieder.« Und dann geht er einfach so davon.

Das Herz. Vor allem mein Herz wirkt leider ziemlich verwirrt. Vermutlich, weil ich es zu lange ignoriert habe. Vielleicht sollte ich wirklich versuchen, es wieder zu hören. Irgendwie.

Als es langsam Abend wird, gehe ich noch mal zu Mia ins Café, so wie wir es vereinbart haben. Sie steht hinter der Theke und ist gerade dabei, aufzuräumen.

»Da hat aber jemand Farbe bekommen«, stellt sie fest, als ich vor ihr stehe.

»Ja, es war wirklich sehr entspannend heute. Die Sonne war nicht so intensiv, ich habe gelesen und mich lang gemacht. Mir tut echt alles weh«, antworte ich, und sie lacht.

»Das glaube ich dir. Das Surfen strengt schon an. Mir tut heute auch alles weh, wir hatten ein paar Kisten zu schleppen, aber das gehört nun mal dazu.« Sie scheint zu merken, dass meine Gedanken kurz wieder zu Matti abgeschweift sind, zum Surfen und wie gut es getan hat. »Was ist los?«

»Ach nichts, ich überlege nur wegen heute. Also gerade …«

»Bist du kaputt«, vervollständigt sie meinen Satz.

Ich nicke. »Ja, aber wir wollten doch noch was zusammen machen.«

Sie legt den Kopf schief. »Soll ich ehrlich sein? Wenn es dir nichts ausmacht, können wir es auch verschieben. Ich verstehe, wenn du ein bisschen abschalten möchtest. Mir ist das dann auch recht«, sagt sie, und ich muss grinsen, weil ich sehe, wie ihre Wangen leicht rot werden.

»Ach ja? Los, was habt ihr vor, Bene und du? Wollt ihr allein sein?«

»Erwischt.« Sie grinst zurück. »Wir beide haben immer so viel zu tun und wollen ehrlich gesagt mal wieder …«

Ich hebe die Hand. »Zeit zu zweit verbringen? Ist doch okay. Genießt ihr eure Zeit, und ich genieße das Apartment und ebenfalls die freie Zeit.«

Kurz überlege ich, ob ich noch mal das Thema Matti anschneiden soll, entscheide mich jedoch, es vorerst noch aufzuschieben. Denn was soll das bringen, wenn ich selbst noch nicht weiß, wie ich mich entscheiden soll?

Wir umarmen uns, anschließend verlasse ich das Café. Eigentlich wollte ich direkt nach Hause gehen, aber als ich die frische Luft spüre, spaziere ich doch noch ein wenig am Strand entlang. Scheinbar tut das ja gut, Heiner wirkte jedenfalls sehr beseelt. Es ist schön, das Rauschen der Wellen wieder zu hören, das mich sofort beruhigt. Den ganzen Tag haben sie mir ein gutes Gefühl gegeben.

Das Klingeln meines Handys durchbricht das Meeresrauschen, und zu meiner Verwunderung sehe ich, dass es mein Chef Björn ist. Merkwürdig, warum ruft er mich im Urlaub an? Ich räuspere mich und nehme das Gespräch an.

»Hey, Katha.«

»Hey, Björn, was ist los?«, frage ich überrascht.

Seine Stimme klingt nicht begeistert, sondern ziemlich angespannt. »Na ja, die Sache ist die ... Ich habe keinen besonders erfreulichen Grund, anzurufen.«

Ich schlucke. »Und was für ein Grund ist das?«

»Ich komme am besten gleich auf den Punkt. Es geht um eine Frau, die mit ihrem Sohn im Laden war, einem kleinen Jungen, Jonas ...«

»Jonas Frederik Irgendwas?«

»Genau, und sie meinte, dass du dich dem Jungen gegenüber unmöglich verhalten hättest. Sie war heute nochmals hier und hat mir ganz aufgebracht ein Schreiben ihres Anwalts in die Hand gedrückt.«

Das darf doch wohl nicht wahr sein.

»Aber ich habe nichts gemacht, wirklich nicht.«

»Es tut mir leid, ich muss da reagieren.«

Bitte was? Okay, jetzt muss ich mich mal eben sammeln. »Warte. Das ist der totale Quatsch. Ich habe mich nicht unmöglich verhalten, der Junge war unmöglich. Er hat mich mit einer Flasche Kirschsaft beworfen und ist dann mit dem Kopf gegen die Scheibe der Ladentür geknallt«, verteidige ich mich.

»Ja, ich weiß schon. Valerie meinte auch, dass es anders gewesen sei, ihr hattet ja darüber gesprochen. Die Sache ist nur ... In dem Schreiben steht, dass du das Kind so verschreckt hättest, dass er gegen die Ladentür rannte und jetzt unter einem Trauma leidet. Die wollen Anzeige erstatten und auf Schadensersatz klagen. Ich ... nun, ich bin gezwungen, also ... dich erst mal freizustellen.«

Ich habe das Gefühl, gleich in Ohnmacht zu fallen. »Aber so war das nicht! Und wenn du mich freistellst, wirkt das doch so, als ob ich wirklich schuld wäre.«

Er wirkt hörbar betroffen. »Es tut mir leid, ehrlich. Aber ich habe keine Lust auf Ärger, davon habe ich sowieso schon zu viel. Und dann allgemein die Sache mit dir, dass ich dir die Chance gegeben habe ... Doch das weißt du ja.«

Ja, das weiß ich. Aber mal ehrlich, was soll das alles?

Nachdem wir das Gespräch beendet haben, blicke ich über das Meer, doch leider beruhigt es mich gerade gar nicht mehr. Das ist ja wohl die Höhe. Erst denke ich es nur, aber dann bricht es laut aus mir heraus. »Das ist ja wohl die Höhe!«, rufe ich, schreie es gegen den Wind und werde nun richtig sauer. Mal im Ernst, was soll das? Er muss mich freistellen – wegen dieses viernamigen kleinen Monsters!

»Verdammter Jonas Frederik Irgendwas!«, schreie ich. Ich entdecke eine Muschel im Sand, hebe sie auf und schleudere sie ins Meer. »So eine Scheiße, echt! So eine Scheiße! Was soll das alles, liebes Schicksal? Ist das dein Plan?«

»Alles okay?« Ich zucke heftig zusammen, als ich eine Stimme höre und mich jemand an der Schulter berührt. Hastig fahre ich herum. Matti steht vor mir und sieht mich besorgt an. »Geht es dir gut?«

»Ich, oh ... ja, ich denke schon.«

»Das wirkt aber nicht so.«

Ich seufze. »Ach, eigentlich ist es auch nicht so. Ehrlich gesagt geht es mir gar nicht gut. Stell dir vor, ich wurde gerade entlassen oder vielmehr freigestellt. Ich bin jetzt also arbeitslos. Und das werde ich bleiben, für immer.«

Er hebt eine Braue. »Was? Aber warum denn?«

»Dieses Kind, das mich mit Kirschsaft beworfen hat. Dieses viernamige Teufelskind, darum geht es.«

»Ähm, okay? Und deshalb wurdest du freigestellt?«

»Glaub mir, ich war so nett zu dem Kind, dabei war es ein Monster. Aber die Mutter hat allen Ernstes einen Anwalt eingeschaltet, der behauptet, dass dieser Jonas Frederik Irgendwas jetzt ein Trauma hat. Wegen mir.«

Er lacht. »Ein Trauma, weil er dich mit Saft beworfen hat?«

Ich muss ebenfalls lachen, denn so, wie Matti es gerade gesagt hat, klingt es echt lächerlich. »Nein, da war noch mehr. Er ist dann auch noch gegen die Ladentür geknallt, jedoch nicht wegen mir, sondern weil er vor seiner Mutter weggerannt ist. Das Ganze ist doch verrückt. Ich meine, was soll ich jetzt machen? Mir was anderes suchen? Ich bekomme doch nichts. Das ist alles so beschissen, sorry, aber anders kann ich es nicht sagen.«

Er zieht mich an sich und nimmt mich in den Arm. Ich weine, lasse meinen Tränen freien Lauf, während Matti mich einfach festhält.

»Das tut mir so leid für dich«, flüstert er und streicht mir die Haare aus dem Gesicht. »Wirklich.«

Eine Weile schweigen wir, und genau das ist es, was so guttut. Nach und nach beruhige ich mich und löse mich schließlich aus seiner Umarmung.

»Und, wie war dein Tag sonst so?«, will er wissen.

Nun muss ich lächeln. »Du bist gut. Na ja, ganz okay, bis auf diese Sache, die hat mich jetzt natürlich voll runtergezogen. Jedenfalls habe ich mal ausgespannt, einfach über nichts nachgedacht. Sorry, ich wollte mich ja bei dir melden, aber …«

Er winkt ab. »Ist okay, das dachte ich mir schon.«

»Und wie war dein Tag?«

»Ich muss sagen, ganz gut, danke. Ich war ein bisschen im Wasser, wie du siehst …«

Erst jetzt fällt mir auf, dass er einen Neoprenanzug trägt. Mein Gott, bin ich daneben. »Stimmt, sorry.«

»Kein Ding. Was machst du jetzt noch?«, will er weiter wissen.

»Ehrlich gesagt habe ich nichts Besonderes vor. Vielleicht noch etwas fluchen?«

»Klingt nach einem Plan.«

»Genau. Und eigentlich wollte ich gerade zurück ins Apartment. Mia hat heute eine Date Night mit Bene. Na ja, und ich habe ein Date mit meinem Bett.«

Er streicht sich durch die Haare. »Oh, zu schade. Also, falls dein Bett nichts dagegen hat, kannst du auch gern mit mir mitkommen. Ich bin heute Abend eingeladen.«

Hat er das jetzt echt gefragt? Einfach so?

»Du willst mich mitnehmen?«

»Vielleicht täte dir die Ablenkung gut. Aber du kannst dich auch gern ins Bett legen und fluchen, allerdings macht das nicht so viel Spaß. Glaub mir, ich spreche aus Erfahrung. Auf andere Gedanken kommt man so jedenfalls nicht.«

Eigentlich hat er schon Recht. So käme ich vielleicht wirklich auf andere Gedanken.

»Hm. Wo bist du denn eingeladen?«

»Ein Freund von mir veranstaltet eine kleine Feier am Strand. Er ist echt okay, er lebt mit seiner Freundin hier auf Sylt, ist Handwerker, und Tammy ist ebenfalls viel am Werkeln. Die beiden sind echt gut drauf. Was denkst du?«

Mein Blick wandert über sein Gesicht. Meint er das ernst? »Du willst mich wirklich zu deinen Freunden mitnehmen?«, vergewissere ich mich überrascht.

Er zuckt mit den Schultern. »Warum nicht? Es wird gegrillt und ein bisschen was getrunken, ganz gemütlich. Wir können auch gleich losfahren. Wobei, ich muss mich erst umziehen und auf alle Fälle duschen. Das Salzwasser abspülen.«

»Ja, ich auch. Aber dann …«

»Aber dann? Heißt das, du kommst mit?«

Ich überlege noch kurz, und schließlich nicke ich.

»Cool.« Er hebt den Daumen. »Also gut, du machst dich fertig, und ich hole dich dann ab. Sagen wir in einer Stunde? Ich komme wieder mit dem Rad.«

»Also schön, meinetwegen.«

»Das klingt ja echt begeistert. Aber wir kriegen dich heute schon noch zum Lächeln.« Er lacht, und ganz plötzlich gerät mein Herz mal wieder aus dem Takt.

»Danke. Wirklich, das ist echt nett von dir«, sage ich.

Er winkt ab. »Kein Ding. Also dann, bis später.«

Mein Herz wirkt leider
ziemlich verwirrt.
Vermutlich, weil ich es
zu lange ignoriert habe.
Vielleicht sollte ich wirklich
versuchen, es wieder zu hören.
Irgendwie.

DEN MOMENT
genießen

»Okay, wen willst du heute Abend aufreißen?«, fragt Matti, als er eine Stunde später vor mir steht. Noch immer kann ich es nicht so recht glauben, dass ich ihn einfach so zu seinen Freunden begleite.

»Wer weiß, was das Schicksal mit mir vorhat«, antworte ich scherzhaft, und er legt den Kopf schief.

»Zu schade, denn ›dich‹ wäre die richtige Antwort gewesen.« Er grinst breit, wird jedoch schnell ernst. »Spaß beiseite, das sollte keine dumme Anmache sein. Aber dein Kleid ist wirklich sehr schön. Und der Hoody darüber – hübsch.«

»Du veräppelst mich«, entgegne ich, doch er schüttelt den Kopf.

»Nein, ich finde das echt sexy. Ich stehe auf Frauen im Hoody.«

Ich rolle mit den Augen. »Wirklich?«

»Wirklich!« Dann deutet er auf sein Rad. »Du kennst dich ja schon aus. Aufsteigen bitte.«

»Wenn das mal gut geht«, murmele ich, während ich mich mal wieder zu ihm auf den Gepäckträger setze.

Irgendwie mag ich es, dieses leichte Gefühl, das er mir jedes Mal gibt. Nachdem wir losgefahren sind, halte ich mich an Matti fest und spüre den Wind, der mir um die Nase weht. Dieses Gefühl von Freiheit und Abenteuerlust. Als würden wir durch die Dünen fliegen, über die Landschaft. Ja, mit Matti erlebe ich wirklich etwas, denke ich und bin froh, dass er mich am Strand gefunden hat.

»Alles gut bei dir?«, fragt er, als es über einen holprigen Holzweg geht.

»Ja, alles gut.«

Schließlich erreichen wir den Strand. In der Ferne erkennt man schon ein paar Leute, die vor einer Hütte sitzen.

»Da wären wir«, sagt Matti, während wir vom Rad steigen.

Neugierig schaue ich mich um. »Sieht nett aus.«

»Stimmt, und auch die Leute sind alle nett, du wirst sehen.«

Der Duft des Meeres vermischt sich mit dem Geruch nach Gegrilltem, als wir auf die Feiernden zugehen.

»Hey, Matti!«, ruft jemand, und Matti winkt dem Kerl zu. Er hat dunkle kurze Haare und einen längeren Bart, neben ihm steht eine kleine Frau mit lockigen schwarzen Haaren.

»Das ist Chris, wie schon erwähnt, und das seine Freundin Tammy«, erklärt Matti. »Beide sind gute Freunde von mir.« Er stellt mich ihnen vor. »Leute, das ist Katha.«

Mir entgeht nicht, wie die beiden mich ansehen.

»Katha also, okay.« Chris wirkt verwundert, seine Freundin Tammy ebenfalls. Sie mustert mich kurz. »Okay, also ... Katha. Hey.«

Was soll das denn bedeuten? »Ja, ich ... ich heiße Katha«, antworte ich. Plötzlich dämmert es mir. »Ach, ihr habt vermutlich mal wieder mit einem Seestern gerechnet, oder?«

Die beiden starren mich mit offenem Mund an. »Ähm, ja, woher ...«, stammelt Tammy, doch ich unterbreche sie.

»Ich bin voll im Bilde. Alles gut, ihr braucht vor mir nicht geheimnisvoll zu tun. Ich weiß, was für ein Kerl Matti ist«, sage ich lächelnd.

Chris und Tammy schauen immer noch etwas verwirrt drein, als Chris mit einem Mal zu lachen anfängt und wenige Augenblicke später auch Tammy einstimmt.

»Ich muss sagen, das gefällt mir. Matti, Matti ...« Chris wackelt gespielt mit dem Zeigefinger.

»Jedenfalls müsst ihr bei Katha nicht so tun, als wäre ich der ideale Schwiegersohn«, antwortet Matti grinsend.

»Zum Glück.« Tammy wirkt sichtlich erleichtert. »Das ist immer so anstrengend, und ich fühle mich damit auch sehr schlecht.«

»Das kann ich mir vorstellen«, stimme ich ihr zu.

»Hey, als ob ich dauernd jemanden mitbringe«, protestiert Matti. »Das tue ich gar nicht. Vermittelt Katha mal nicht dieses Bild.«

»Ja, das stimmt, aber wir kennen eben die Geschichten. Wie auch immer, lasst uns an die Bar gehen. Wollt ihr etwas trinken? Jeder kann sich nehmen, was er möchte, und Grillzeug gibt es auch genug. Steven macht gerade Fisch, heute frisch gefangen, und Fleisch kommt auch gleich noch dazu«, erklärt Chris.

»Das klingt gut. Was meinst du?«, fragt Matti mich.

»Klar, ich bin für alles offen.«

Nachdem Matti und ich uns jeweils ein Bier und ein Stück gegrillten Fisch mit einem Brötchen geholt haben, essen wir und lauschen der Musik.

Tammy gesellt sich wieder zu uns. »Woher kennt ihr euch denn?«, will sie wissen, doch bevor wir antworten können, winkt Chris Matti zu sich.

»Matti, kannst du mal eben kommen?«

Matti grinst in Tammys Richtung. »Ihr seid schlimm, ihr wollt mich nur ausfragen und Katha auch.« Er sieht mich an. »Bin gleich wieder da. Ist das okay?«

»Als ob ich beißen würde.« Tammy schüttelt schmunzelnd den Kopf. »Aber ja, ich gebe es zu, ich bin neugierig. Kennt ihr euch schon länger? Und wo habt ihr euch kennengelernt?«, fragt sie mich noch einmal.

»Ehrlich gesagt kennen wir uns erst wenige Tage«, sage ich. »Meine Cousine Mia arbeitet im *Café mit*

Sylt und Zucker, und wir haben uns auf der Strand-party getroffen.«

»Mia Süß? Sie hat das Café mit Bene zusammen, oder?«

»Genau.«

Tammy nickt begeistert. »Ich mag sie wirklich sehr. Sie ist deine Cousine? Das ist ja cool.«

»Ich bin allerdings nur zu Besuch hier. Matti und ich hatten einen netten Abend zusammen und einen schönen Tag …«

Sie lacht. »Das höre ich selten von Frauen.«

»Kann ich mir gut vorstellen. Hat er schon viele mitgebracht?«

»Nein, aber Matti ist schon bekannt.« Tammy deutet auf eine freie Decke im Sand. »Setzen wir uns?«

»Klar, warum nicht?«

Nachdem wir Platz genommen haben, stoßen wir mit unseren Bierflaschen an. »Auf einen lustigen Abend«, sagt Tammy. »Und du bist also nicht von hier?«

»Nein, ich komme aus Nürnberg. Zumindest wohne ich dort im Moment. Dass ich hierhergekom-men bin, war eine spontane Idee. Ich musste einfach mal raus.«

»Und wenn man die Möglichkeit hat, sollte man sie auch nutzen«, meint Tammy. »Wer hat schon eine Cousine, die auf Sylt lebt?«

»Das dachte ich mir auch«, antworte ich, auch wenn noch viel mehr dahintersteckt.

»Ihr habt euch also jetzt erst kennengelernt, du und Matti?«

»Ja, er ist mir aufgefallen. Er hatte so einen Blick und trug ein T-Shirt mit einem Seestern auf der Brust«, erkläre ich lachend. »Ich hatte allerdings keine Ahnung, welche Wellen dieser Seestern schlagen wird. Als ich ihn meiner Cousine zeigte, haben mich alle sofort vor Matti gewarnt. Aber ich fand es trotzdem interessant, mal mit ihm zu sprechen.«

Sie nickt. »Matti hat schon seinen Ruf weg.«

»Das habe ich gemerkt.« Grinsend nehme ich einen Schluck von meinem Bier.

»Dann mag deine Cousine ihn nicht?«

»Na ja, es geht da wohl eher um ihre Angestellte und Freundin Fine. Die hatte schon das Vergnügen.«

»Oh! Weißt du, ich habe immer zu Matti gesagt: ›Treib's nicht so bunt.‹ Aber na ja.« Sie zuckt mit den Schultern. »Und wie lange bist du hier?«

»Eigentlich nur eine Woche, und die Zeit vergeht echt schnell.«

»Ach so.« Sie sieht zu Matti, und ich tue es ihr gleich. Er unterhält sich angeregt mit Chris. Mit einem Mal treffen sich unsere Blicke, er zwinkert mir zu, und ich lächele.

»Ihr beide wirkt schon sehr vertraut«, stellt Tammy fest.

»Wir waren gleich ganz offen miteinander, vielleicht deswegen. Aber ich bin ja bald wieder weg.«

»Hm, ich sage nur so viel: Als ich auf die Insel kam, dachte ich auch, dass ich schnell wieder weg sein würde. Und dann war da Chris. Eigentlich wollte ich gar nicht mit ihm ausgehen, aber er hat mich irgendwann überzeugt, es doch zu tun. Und jetzt bin ich immer noch hier.«

Ich nicke, denn das finde ich unheimlich schön. »Das freut mich sehr.«

»Ich glaube, die Mädels reden über uns«, höre ich Chris jetzt laut sagen.

»Das wünscht ihr euch wohl. Es gibt echt spannendere Themen als euch«, ruft Tammy ihm lachend zu, ehe sie sich wieder mir zuwendet. »Und was arbeitest du in Nürnberg, wenn ich fragen darf?«

»Nun, das ist so eine Sache. Eigentlich fotografiere ich, deswegen habe ich auch mit Matti zu tun.«

Tammy sieht mich fragend an. »Wie das?«

»Na ja, nachdem wir uns kennengelernt hatten, kam das Thema auf, und er wollte ein bisschen was darüber wissen«, verkürze ich die Geschichte.

»Das ist ja toll. Dann hat Matti also schon mit dir gesprochen? Wegen seiner Idee mit der Surfschule, der Pension und allem?«

»Ja. Aber ob ich da wirklich helfen kann?«

»Ich glaube schon, denn wenn ich dich so sehe … Du bist eine Frau, die zupackt. Das kann doch kein Zufall sein.«

Ich wiege den Kopf hin und her. »Mal sehen. Ich finde seine Pläne jedenfalls interessant.«

»Das sind sie auch. Und nach allem, was war, wünsche ich es ihm sehr. Er ist … Ich wette, er würde mit mir schimpfen, wenn er wüsste, dass ich das jetzt sage, aber er ist ein guter Kerl. Klar, er macht schon auch viel Unsinn, doch er hat das Herz am rechten Fleck. Und eigentlich sucht er viel mehr als einen Seestern.«

Gedankenverloren blicke ich zu Matti. Er unterhält sich noch immer mit Chris und gestikuliert wild mit den Händen. Wahrscheinlich spricht er übers Surfen.

»Weißt du, ich habe neulich erst wieder zu Chris gesagt: ›Wenn Matti mal eine Frau mitbringt und sie sogar beim Namen nennt, dann muss es eine besondere Frau sein.‹«

Augenblicklich spüre ich, wie meine Wangen rot werden. Ich winke ab. »Also nein, wirklich nicht. Wir waren ganz ehrlich zueinander, und zwischen uns beiden läuft nichts, also … nein.«

»Ja, das wirkt auch so.« Schmunzelnd beobachtet Tammy mich, wie ich schon wieder zu Matti hinübersehe. Er ist gerade dabei, den Fisch auf dem Grill zu wenden. »Wie auch immer. Jedenfalls bin ich mir sicher, dass er dich mag, sonst hätte er dich nicht uns vorgestellt. Das ist nämlich ganz und gar untypisch für ihn.«

Bei ihren Worten schlägt mein Herz plötzlich schneller.

»Und ich kann ihn verstehen, du bist wirklich … ja, du hast was«, fügt sie hinzu.

»Danke, das ist nett von dir.« Wieder blicke ich zu Matti, der mich jetzt ebenfalls ansieht.

Chris stupst ihn an und flüstert ihm etwas ins Ohr. Dann kommen die beiden zu uns her und setzen sich.

»Tammy, was ist hier los? Ich hoffe, du hast Katha nicht genervt«, sagt Matti. Sein Blick wirkt leicht besorgt.

»Ich? Niemals! Ich habe nur gesagt, dass ich glaube, du magst sie. Und da ist ja wohl nichts dabei.«

Er lacht. »Sorry, Katha, ich mag dich nicht, okay? Keine Sorge.«

»Na, dann ist ja gut«, erwidere ich gelassen.

»Und ist es nicht toll, dass sie Fotografin ist und ihr jetzt was zusammen macht?«, fragt Chris.

Matti weist ihn sofort zurecht. »Sie hat sich noch nicht entschieden, also nervt Katha nicht damit. Tut mir leid, ich habe nur gesagt, wie begeistert ich von dir bin.«

Doch Chris lässt sich nicht beirren. »Ich finde es jedenfalls ziemlich cool. Deine Bilder sind echt beeindruckend.«

Hat er sie etwa auch gesehen?

»Tatsächlich? Woher …«

»Matti hat mir deine Seite gezeigt.«

Irgendwie bin ich geschmeichelt, dies von Menschen zu hören, die ich kaum kenne. So ein Lob tut unfassbar gut. »Danke«, sage ich.

»Dafür nicht, wirklich nicht.«

Wir unterhalten uns noch über verschiedene Themen, als mir mit einem Mal eine rothaarige Frau auffällt, die immer wieder zu unserer Gruppe herüberblickt.

Als Tammy sich noch ein Bier holt, setzt sich Matti neben mich. »Sie mögen dich«, sagt er, und ich lächele.

»Das freut mich. Ich finde es auch sehr schön hier. Besser, als zu fluchen und wütend zu sein.«

»Hab ich dir doch gesagt.«

Erneut sehen wir uns intensiv an.

»Und jetzt?«

»Nichts, jetzt sind wir hier. Übrigens wirst du beobachtet.« Ich deute mit dem Kopf möglichst unauffällig zu der Frau.

Matti sieht sich um und zuckt dann mit den Schultern. »Kann sein, und es wäre mir ein Leichtes, sie abzuschleppen.«

Ich verdrehe die Augen. »Na dann, worauf wartest du noch?«, provoziere ich ihn.

»Kein Interesse«, entgegnet er knapp, und ich schlucke. Hatte Tammy am Ende doch Recht? Mag er mich mehr als nur auf eine freundschaftliche Art und Weise?

Jedenfalls finde ich es gut, dass er es nicht macht. Aber allein der Gedanke bringt mich durcheinander.

»Ich bin mit dir hier, und das zählt.«

Okay, mein Herz …

»Oh weh, nicht dass du mich doch magst, Matti«, antworte ich mehr im Scherz.

»Und was, wenn ich dich mag?«

Ich schlucke. »Dann wäre das ziemlich dumm.«

»Weißt du, was dumm wäre?« Er beugt sich ein wenig zu mir und reicht mir seine Hand. »Wenn wir jetzt nicht miteinander tanzen.«

Während er die Worte ausspricht, wird die Musik immer lauter. Ohne lange nachzudenken, nehme ich seine Hand, er zieht mich an sich, und dann tanzen

wir. Es ist leicht und lustig. Matti hebt mich an der Taille hoch, und wieder fühlt es sich an, als würde ich fliegen. Ein bisschen zumindest.

Irgendwann sind wir ganz außer Atem und setzen uns zu den anderen. Tatsächlich liebe ich es. Weil nichts wirkt, als ob es muss – außer den Moment zu genießen.

Als wir uns später auf den Heimweg machen und ich zu Matti aufs Rad steige, atme ich die frische Luft ein. Ich kann kaum glauben, wie positiv der Abend noch verlaufen ist. Und ich muss zugeben, dass Matti einen großen Anteil daran hat.

»Also dann, war ein toller Abend«, meint Matti, als wir uns vor dem Eingang meines Apartments gegenüberstehen.

»Ja, das war es wirklich. Und danke für die Ablenkung, die habe ich gebraucht. Deine Freunde sind echt nett.«

»Gern geschehen. Und ja, das sind sie.« Er zögert kurz. »Was machst du morgen früh?«, will er mit einem Mal wissen.

»Ähm … ich weiß nicht.«

»Gut, denn hätten wir uns heute nicht zufällig am Strand getroffen, hätte ich dir so oder so noch geschrieben. Ich habe nämlich eine Überraschung für dich, und die passt jetzt sogar noch besser. Aber dafür muss ich dich morgen früh abholen.«

»Eine Überraschung?«

»Ja, eine Überraschung. Sagen wir um fünf Uhr?«

Nun bin ich neugierig. »Was? So früh? Wir kommen ja jetzt erst ins Bett.«

»Ich weiß, so war das nicht geplant. Aber Abenteuer erlebt man nun mal nicht, wenn man sie verschläft.«

»Okay, du bist echt verrückt.«

»Kann sein. Also, ich bin um kurz vor fünf bei dir? Ist das in Ordnung?«

»Ich weiß zwar noch nicht, ob es das wirklich ist, aber ja, es ist in Ordnung.« Ich sehe ihn an. Verdammt, wie gern würde ich ihn küssen, denke ich für einen Moment. Aber soll ich wirklich? Ist das überhaupt angebracht? Ich meine …

Er kommt näher zu mir heran, und ich schlucke. »Was denkst du gerade?«, fragt er, und ich schüttele leicht den Kopf.

Dass ich dich küssen will. Doch das sage ich ihm nicht. »Ich bin müde, und wir sollten echt ins Bett.«

Unsere Blicke treffen sich. Matti grinst, dann wendet er sich ab und steigt auf sein Fahrrad. »Jap, das sollten wir wirklich. Also bis dann, wir sehen uns morgen früh.«

SO SCHLECHT
ist er nicht

Es ist noch dunkel, als mein Wecker klingelt und ich ins Bad tapse, um mich fertig zu machen. Ich kann gar nicht glauben, was ich da tue. Matti hat eine Überraschung für mich, und obwohl ich nicht weiß, was auf mich zukommt, freue ich mich, dass er sich diese Mühe macht.

Trotz allem sind da auch Mias Worte in meinem Kopf. Als ob Matti irgendetwas ohne Eigennutz machen würde, sagte sie, und ich stelle mir die Frage, ob es wirklich so ist.

Wie auch immer. Ich wasche mich und ziehe mir danach jeansblaue Shorts an, dazu ein bequemes helles Top und darüber einen Pullover, weil es so früh am Morgen doch noch ziemlich frisch ist. Nach einem Blick zur Uhr – es ist kurz vor fünf – greife ich nach meiner Tasche und verlasse das Apartment.

Gerade als ich aus der Tür trete, kommt Matti angefahren. »Moin«, begrüßt er mich und hält unmittelbar vor mir an.

Verwundert deute ich auf den Rucksack, den er auf dem Rücken trägt. »Der ist echt groß. Wie soll ich mich da an dir festhalten?«

»Sorry, ich weiß, aber vielleicht kannst du ihn nehmen?«

»Okay, kann ich mal versuchen.«

»Du siehst noch richtig müde aus«, stellt er mit einem leichten Grinsen fest, während er den Rucksack von seinen Schultern gleiten lässt.

»Das bin ich auch.« Ich greife nach dem Rucksack und hebe eine Braue. »Was ist denn da drin? Der ist ganz schön schwer.«

Matti nickt. »Sorry, aber sag mir bitte, wenn es nicht geht, dann mache ich es irgendwie anders und schnalle ihn mir vorne um oder so. Ja, komm, lass es uns gleich so machen. Zudem ...« Sein Blick wirkt nun etwas verwegen. »Wer weiß, ob du nicht heimlich reinguckst.«

Ich lache. »Wie soll ich das denn machen während der Fahrt, hm?«

»Wer weiß.«

Ich lege den Kopf schief, während Matti sich den Rucksack vorne über die Brust zieht.

»Also, bereit?«, fragt er.

»Ja, bereit.«

Ich steige auf den Gepäckträger, halte mich an Matti fest, und schon beginnt die Fahrt durch die Dunkelheit. Der Wind streift mir durchs Haar, die

Luft ist frisch, und ich atme sie tief in mich ein. Im Vergleich dazu geht eine wohltuende Wärme von Mattis Körper aus, und als ich mich irgendwann etwas stärker an ihm festhalte, weil es kurz etwas ruckelt, kribbelt es in mir. Das alles ist so unwirklich. Wie kann sich ein Leben innerhalb weniger Tage so verändern?

Ich bin gespannt, was mich jetzt erwartet. Es geht zum Meer, klar, das hätte ich mir denken können. Als Matti schließlich das Fahrrad stoppt, erkenne ich, dass wir uns wieder an der Surfschule befinden.

»Da wären wir«, sagt er.

Ich steige vom Rad, Matti ebenfalls, ehe er es an einem der Häuschen anlehnt. Dann deutet er aufs Meer. »Bereit? Gleich geht die Sonne auf.«

»Das ist die Überraschung?«, frage ich erstaunt. »Aber eigentlich hätte ich es mir ja denken können, so früh am Morgen.«

»Bist du jetzt enttäuscht?«

Ich schüttele den Kopf. »Im Gegenteil, ich freue mich. Ich denke, so ein Sonnenaufgang am Meer ist immer etwas Besonderes«, antworte ich, während wir über den Strand auf das Meer zugehen. Als Matti eine Decke aus seinem Rucksack nimmt und im Sand ausbreitet, merke ich, wie hibbelig ich bin.

Ihm scheint es ebenfalls nicht entgangen zu sein. »Aufgeregt?«

»Ja, ein wenig.«

Wir setzen uns nebeneinander auf die Decke und blicken über das Wasser. Am Horizont ist bereits ganz leicht ein helles Licht zu erkennen.

»Ich weiß nicht mehr, wann ich zum letzten Mal bewusst den Sonnenaufgang erlebt habe«, sage ich.

Matti nickt. »Ich finde, man macht das viel zu selten, dabei ist es wirklich magisch. Es lohnt sich, aus dem Bett gelockt zu werden. Der Anblick des Sonnenaufgangs am Meer erinnert einen irgendwie daran, dass es jeden Tag eine Chance gibt, wieder neu in die Wellen zu tauchen.« Er sieht mich lächelnd an. »Aber jetzt: Augen zu«, fordert er mich auf.

»Was? Die Sonne geht gleich auf, und ich soll die Augen schließen?«

»Nur ganz kurz, bitte.«

»Na schön, aber wehe, ich verpasse es dann und bin umsonst so früh aufgestanden.«

»Unsinn. Je länger du jetzt diskutierst, umso länger dauert es.«

Während ich die Augen schließe, seufze ich gespielt laut. Ich höre erst das Geräusch eines Reißverschlusses, gefolgt von einem Rascheln. Sicher sucht er etwas im Rucksack.

»Fertig?«, frage ich ungeduldig, und Matti lacht.

»Du kannst es wohl gar nicht mehr erwarten, was? Moment noch … So, jetzt darfst du schauen.«

Als ich die Augen öffne, hält er eine kleine dunkle Tasche in der Hand.

»Was ist denn da drin?«

»Na, rate mal. Aber ich glaube, du weißt es schon.«

Ja, tatsächlich habe ich bereits einen Gedanken.

»Du kannst auch gleich ein Foto machen, wenn du willst. Komm schon.«

Mit zitternden Händen öffne ich die Tasche und ziehe eine Kamera daraus hervor. »Wow, wo hast du die denn her?«, platzt es aus mir heraus. »Ich meine, das ist wahrlich kein schlechtes Equipment. Die Marke kenne ich, ich habe damit auch schon fotografiert.« Ich sehe ihm tief in die Augen. »Danke, das ist echt lieb von dir.«

»Gern geschehen. Also, willst du?«

Der Horizont verfärbt sich immer mehr, verwandelt sich in ein prächtiges Gemälde. Leuchtende Orangetöne vermischen sich mit warmem Gelb und malen sanfte Streifen über das Firmament.

Ich schalte die Kamera ein und nehme ein paar Einstellungen vor. Währenddessen deute ich mit dem Kopf hinaus aufs Meer. »Das ist so schön, als würde sich die Sonne mit jeder weiteren Sekunde mehr und mehr hervorkämpfen.«

Unsere Blicke treffen sich erneut. »Man sieht, wie stark man selbst sein kann«, entgegnet Matti, seine Stimme klingt ein wenig rau. »Jeden Tag aufs Neue.«

»Das stimmt.« Ich mache noch einen kurzen Check, ehe ich die Kamera aufs Meer ausrichte. »So schön«, sage ich noch einmal und bin plötzlich ganz in meinem Element.

Ich stehe auf, gehe ein paar Schritte umher und mache eine Reihe von Aufnahmen, während der neue Tag anbricht. Dann fotografiere ich Matti, wie er dasitzt und aufs Meer blickt. Der Ausdruck in seinem Gesicht bewegt etwas in mir. Da ist so viel Hoffnung, Liebe und Glück, und dieser Moment rundet alles ab.

Ein paarmal drücke ich noch ab, bevor ich mich wieder zu ihm setze, um den Augenblick zu genießen.

»Danke noch mal.« Ich streiche die Haare zur Seite, die der Wind mir ins Gesicht geweht hat.

»Wie gesagt, gern geschehen. Und jetzt: Wünsch dir was.«

»Wie? Ich soll mir was wünschen?«

»Ja, los, einfach einen Wunsch für den neuen Tag, für dein Leben.«

Während ich nachdenke, geht mein Puls schneller. Ich weiß, es ist albern, aber ich wünsche mir tatsächlich, dass ich ab sofort nur noch das tue, was mich mit Glück erfüllt. Dass ich es zumindest versuche.

»So, fertig«, sage ich. »Hast du dir auch was gewünscht?«

Er nickt. »Ja, doch das verrate ich nicht, sonst geht es nicht in Erfüllung.«

»So ist es.« Ich blicke mich noch einmal um. Die Sonne ist mittlerweile fast komplett zu sehen. »Das ist wirklich ein toller Moment.«

»Finde ich auch.«

Schließlich ist der neue Tag da, und die Wärme der Sonne ist langsam spürbar. Die Insel erwacht zum Leben. Ein paar Frühaufsteher spazieren bereits am Strand entlang, einige sitzen schon in den Strandkörben.

»Was machen wir jetzt mit dem neuen Tag?«, frage ich Matti.

»Wir könnten zum Beispiel ein paar Fotos machen, wenn du möchtest.«

»Wusste ich es doch.« Ich stupse ihn in die Seite. »Daher weht der Wind. Du hast das hier nur gemacht, damit ich Fotos für dich schieße. Alles aus purem Eigennutz.«

Er legt den Kopf schief. »So ist es nicht. Aber ich dachte, wenn du merkst, wie viel Freude du daran hast, dann entscheidest du dich dafür, es zu machen – für dich, nicht für mich. Was meinst du?«

Einen Moment überlege ich. Ja, ich tue es für mich, nicht für ihn, nicht für sonst jemanden, sondern weil ich es will. Und wenn ich ehrlich bin, würde ich Matti schon gern helfen, was mich wiederum in einen Konflikt mit Mia bringen wird. Ich muss unbedingt mit ihr sprechen, denke ich mir.

»Na gut«, antworte ich schließlich, weil ich mit einem Mal richtig Lust dazu habe. »Dann sollte ich aber Bilder von dir in Aktion machen. Mein Gedanke ist, die Sache mit den Träumen und Erlebnissen in Szene zu setzen. Eines der Fotos vom Sonnenaufgang, die ich gerade gemacht habe, würde als Startbild des Konzepts gut passen. Jetzt musst du nur in deine Surferkleidung schlüpfen und das tun, was du immer tust. Das wirkt dann authentischer. Ich würde auch gern eine Geschichte erzählen, etwas tiefer gehen. Wärst du dazu bereit?«

»Schon, ja, aber was meinst du damit?«

»Deine emotionale Seite, Matti.«

Unsere Blicke treffen sich.

»Okay, was soll ich tun?«

»Geh einfach in Richtung der Hütten und denk daran, wie es war, als du wegen deiner Verletzung nicht bei der Meisterschaft dabei sein konntest«, sage ich.

Er atmet tief durch. »Also schön, ich vertraue dir.«

Und dann legen wir los. Mit nachdenklicher Miene geht Matti langsam durch den Sand, und ich fotografiere ihn dabei, halte die Situation in zahlreichen Aufnahmen fest.

Als er bei den Hütten angekommen ist, reibt er sich die Hände und lächelt. »Und jetzt?«, fragt er.

»Zieh dich um, dann geht es ins Meer. Sei ganz frei.«

Nachdem er sich seine Surfersachen angezogen hat, bereitet er das Surfbrett vor und geht damit ins Wasser. Ich halte alles fest, die Zeit verfliegt, und ich genieße es. Matti scheint es genauso zu gehen. Wir lachen viel, besonders als ich ihm auch ein paar verrückte Anweisungen gebe, und haben unheimlich viel Spaß. Als er irgendwann aus dem Wasser kommt, hat er so einen schönen Ausdruck im Gesicht, dass ich immer wieder auf den Auslöser drücke. Ich muss gestehen, dass ich unglaubliche Glücksgefühle empfinde, während ich die Kamera in den Händen halte. Viel zu lange hatte ich mich nicht mehr darauf eingelassen, einfach mal zu fotografieren, einfach nur die Momente einzufangen.

Eine ganze Weile geht es so, bis wir uns schließlich eine Pause gönnen und an den Strand setzen. Matti hat ein paar Getränke und etwas zu essen organisiert, was auch dringend nötig war, denn auf einmal beginnt mein Magen zu knurren.

»Wie wollen wir es jetzt machen?«, fragt Matti, während wir unsere Sandwiches genießen.

»Na ja, ich denke, ich werde erst mal etwas entwerfen, wie ich es mir vorstelle. Ich weiß ja, was du haben möchtest. Und dann setzen wir uns zusammen. Das wird schon«, sage ich.

Und doch spüre ich im gleichen Moment, in dem ich die Worte ausspreche, auch einen kurzen Stich in der Brust. Denn die Sache mit Mia ist noch immer in meinem Kopf. Apropos, ob sie sich gemeldet hat? Ich ziehe mein Handy aus der Tasche und sehe, dass sie mir tatsächlich schon geschrieben hat und von ihr auch ein Anruf in Abwesenheit auf der Liste ist. Oh Mann.

Matti sieht mich fragend an. »Alles okay?«

»Ja, nur … Mia hat sich gemeldet, ich werde dann mal bei ihr reinschauen.«

»Klar, verstehe ich, wir haben ja jetzt echt viel gemacht. Willst du gleich los?«

»Das wäre vielleicht nicht schlecht.«

Als wir in Richtung der Promenade gehen, stoppt Matti vor dem leer stehenden Gebäude.

»Hier würdest du gern die Surferpension eröffnen, oder?«, frage ich und schieße gleich ein Foto davon.

»Ja, das wäre auf alle Fälle praktisch. Aber das Ganze muss noch gut durchdacht werden, damit man in der nächsten Saison dann optimal starten kann. Das Kapital hätte ich, die Frage ist nur, ob ich das alles wirklich hinbekomme, denn ich möchte mich ja eigentlich mehr auf die Surfschule konzentrieren. Dennoch traue ich mir schon zu, dass es gelingen könnte.« Er sieht mich an. »Danke, Katha.« Die Worte kommen ganz ehrlich aus seinem Mund.

Ich winke ab. »Bisher hab ich ja nichts gemacht, nur ein paar Fotos.«

»Schon, aber die Zeit mit dir ist auch nicht so schlecht.«

»Sag bloß, du magst mich.« Ich lächele. »Du, der Seesternjäger ohne Herz.«

»Wer weiß …« Er schluckt.

Mit einem Mal ist da erneut etwas zwischen uns.

»Soll ich dich wieder fahren?«, fragt er und wirkt irgendwie verlegen.

Ich beiße mir auf die Lippe. »Ich weiß nicht, vielleicht … vielleicht doch lieber nicht. Das wirft nur wieder so viele Fragen auf.«

Er nickt. »Also dann, du meldest dich?«

»Das mache ich.«

Schließlich wende ich mich ab. Ich muss unbedingt mit Mia reden, weil es wirklich wichtig ist. Denn so schlecht, wie alle über Matti denken, ist er einfach nicht.

Der Anblick des Sonnenaufgangs
am Meer erinnert einen daran,
dass es jeden Tag eine Chance gibt,
wieder neu in die Wellen
zu tauchen.

VOM SEESTERNJÄGER
eingefangen

Als ich das Café betrete, albern Mia und Bene gerade hinter der Theke herum und sehen sich dabei ziemlich verliebt an. Sofort ist da wieder dieser Drang in mir, auch diesen Moment festzuhalten. Was ich ja könnte, denn Matti hat mir die Kamera mitgegeben, damit ich mir die Fotos auf dem Laptop ansehen kann. Klar, wie soll ich sie sonst zu einem Konzept zusammenfügen?

Es dauert kurz, bis die beiden mich entdecken.

»Moin, Katha. Entschuldige, wir waren gerade total vertieft«, begrüßt mich Mia ein wenig verlegen.

»Das habe ich gesehen«, antworte ich. »Ihr seid echt süß zusammen. Apropos – wie wäre es, wenn Bene deinen Familiennamen annimmt? Süß, das würde doch optimal passen.«

Während Mia lacht, winkt Bene ab. »Ich denke, da hätte mein Vater auf alle Fälle was dagegen. Wenn ich schon den Hof nicht übernommen habe, muss der Familienname unbedingt weitergegeben werden.«

»Vielleicht will *mein* Vater aber auch, dass der Name unserer Familie weitergegeben wird«, entgegnet Mia bestimmt. »Ich meine, warum muss immer die Frau auf ihren Namen verzichten, hm?« Sie stupst ihn sanft in die Seite, und er hebt die Arme hoch.

»Jaja, schon gut, ich denke, ich kann auch mit einem Doppelnamen leben. Aber das können wir ja noch besprechen. Katha, willst du was trinken?«

»Das klingt gut. Aber was Kaltes bitte, ich habe wirklich Durst«, sage ich und sehe Bene zu, wie er Limonade in ein Glas einschenkt und es mir auf den Tresen stellt.

Mia deutet auf die Tasche in meiner Hand. »Was hast du denn da?«

»Eine Kamera«, antworte ich, worauf sie augenblicklich zu strahlen beginnt.

»Du hast echt eine besorgt? Für uns? Das ist ja toll!«

Mia ist mit einem Mal total aus dem Häuschen. Eigentlich wollte ich ja sagen, dass Matti sie für mich organisiert hat, doch das lasse ich erst mal bleiben.

»Ja, also …«, beginne ich, aber sie lässt mich nicht zu Wort kommen.

»Oh, Katha, du willst also Fotos machen? Von uns und vom Café? Du tust es wirklich?«

Ich nicke, weil ich nicht weiß, was ich sonst tun soll. »Klar, und von den Produkten«, füge ich hinzu.

Jetzt strahlt Mia noch mehr und wendet sich Bene zu. »Hast du das gehört? Was sagst du?«

Er reckt den Daumen nach oben. »Also, ich finde die Idee sehr gut.«

»Okay ...« Jetzt muss ich improvisieren. »Ich habe mir Folgendes gedacht«, erkläre ich. »Das Café ist ja ohnehin wunderschön, und ich würde gern Aufnahmen von euch bei der Arbeit machen und eure Geschichte in den Mittelpunkt stellen, denn sie ist ja schon besonders.«

Mia und Bene sind begeistert von meinem Vorschlag, und so legen wir gleich los. Kurze Zeit später kommt noch Fine hinzu, und ich muss sagen, es macht Spaß, alle bei der Arbeit zu beobachten und Fotos aus der Situation heraus zu schießen. Während ich auch die Produkte fotografiere und verschiedene Einstellungen und Perspektiven ausprobiere, formt sich in meinem Kopf mit einem Mal eine Idee. Eine verrückte Idee zwar, aber ich glaube dennoch, dass sie gut sein könnte.

Die Zeit verfliegt, und irgendwann ist der Speicherplatz der Kamera fast vollständig aufgebraucht. Ich bin wirklich zufrieden, wie es gelaufen ist.

Während mir Fine nun einen Kaffee macht, setze ich mich an einen der Außentische, lege die Kamera beiseite und blicke hinaus aufs Meer. Die raue Brandung und der salzige Duft der Nordsee lassen meine Gedanken treiben.

Mia gesellt sich zu mir. »Das hat solchen Spaß gemacht«, meint sie. »Ich bin schon unheimlich gespannt, wie die Fotos geworden sind.«

»Das glaube ich dir. Willst du schon welche sehen?«

Sie nickt mehrmals nacheinander und stellt sich hinter mich. »Natürlich, total gern.«

Als ich die Kamera einschalte, wird das erste Foto auf dem Display angezeigt – ausgerechnet eines von Matti.

Mia runzelt die Stirn. »Matti? Warum ist er auf den Fotos zu sehen?«, will sie wissen, und ihre Stimme klingt auf einmal völlig verändert. Jetzt muss ich wohl doch mit der Sprache herausrücken.

»Na ja, ehrlich gesagt … Eigentlich hat Matti mir die Kamera organisiert, und heute Morgen haben wir uns zusammen den Sonnenaufgang angesehen.«

Sie kneift die Augen zusammen. »Okay, und das mit der Kamera hat er einfach so gemacht?«

»Ja, schon und … natürlich wollte er mich damit auch dazu bewegen, Bilder für sein Konzept zu machen. Aber ich finde es trotzdem nett von ihm.«

Fine, die alles mit angehört hat, winkt energisch ab. »Als ob Matti etwas aus reiner Selbstlosigkeit machen würde, das habe ich dir ja schon gesagt. Doch du scheinst gar nichts zu hinterfragen.« Sie wirkt jetzt beinahe enttäuscht.

In meiner Brust zieht es leicht. Klar war es nicht ganz uneigennützig von ihm, dennoch … »Mag sein, aber es war trotzdem schön«, entgegne ich. Irgendwie habe ich das Gefühl, mich gegen die beiden verteidigen zu müssen.

Eigentlich wollte ich Mia ja auch erzählen, wie der Abend mit Matti war und dass ich diesen Anruf von meinem Chef bekommen habe. Doch ich beschließe, in dieser Situation erst mal nichts zu sagen. Ich habe gerade auch keine Lust dazu.

»Heißt das jetzt, du hilfst ihm?«, fragt Mia mit einem Mal. Ihr Blick ist ernst. Ist das wirklich ihr einziges Problem?

»Ich weiß es noch nicht, aber …«

Sie lässt mich nicht ausreden. »Mensch, Katha, wir haben dir doch gesagt, wie der Kerl ist. So ganz verstehen kann ich dich da nicht. Was ist nur los mit dir?«

Sie seufzt, und ich fühle mich hin- und hergerissen. Auf der einen Seite möchte ich schon begreifen, warum alle Matti nicht mögen, auf der anderen Seite finde ich es allerdings auch übertrieben.

Ich versuche, ihr meinen Standpunkt irgendwie klarzumachen. »Weißt du, ich habe ihn jetzt etwas näher kennengelernt. Klar war das nicht nett, was er mit den Frauen gemacht hat, aber …«

»Aber?«

»Ich kann doch selbst entscheiden, ob ich ihn mag oder nicht. Und ich denke, er ist nicht so schlecht, wie ihr ihn hinstellt. Er hört mir zu, er …«

»Oh Gott, du bist ja total in den Fängen dieses Seesternjägers!«

Mit einem Mal fühle ich mich ziemlich bevormundet, und ich stehe auf, ohne meinen Kaffee aus-

getrunken zu haben. »Weißt du was? Ich habe absolut keine Lust zu streiten.«

Mia sieht mich an. »Ich doch auch nicht. Aber ganz ehrlich, ich habe das Gefühl, du bist da gerade ein wenig verblendet. Jemand, der so hinterlistig ist wie er, ändert sich nicht über Nacht. Die Kamera, schön, das war auf den ersten Blick nett von ihm. Doch das hat er nicht getan, weil er dich so mag. Sorry, das glaubst du doch nicht wirklich.« Sie atmet tief durch. »Ich will nicht so gemein sein, aber ich mache mir Sorgen um dich.«

Ich finde unser Gespräch einfach nur blöd. »Ich gehe jetzt besser. Vielleicht solltet ihr mal nachdenken, denn was da gerade passiert, ist auch nicht okay«, presse ich nur noch hervor, ehe ich enttäuscht und auch ziemlich angefressen das Café verlasse.

»Deine Nachricht hat sich ja wirklich ernst angehört. Was ist los?«, begrüßt mich Matti, als er eine Stunde später an meine Tür klopft.

Bei seinem Anblick hüpft mein Herz heftig. Hat Mia am Ende Recht, hat er mich eingefangen? Bin ich verblendet? Lasse ich mich zu sehr von den Gefühlen leiten, die er in mir auslöst?

Ich seufze. »Ach, es ist ein bisschen anders gelaufen als geplant«, antworte ich nur.

»Und das heißt?«

»Na ja, ich weiß nicht, wie ich sagen soll …«

Er hebt die Hand. »Ist okay, wenn du nicht reden willst. Aber warum bin ich jetzt hier?«, fragt er, und ich weiß es ehrlich gesagt auch nicht mehr so richtig. Ja, doch, ich wollte mit ihm über die Sache sprechen. Jetzt bin ich mir aber nicht mehr sicher, vor allem wie ich es richtig angehen soll.

»Wegen der Fotos …«, beginne ich schließlich, doch Matti schüttelt den Kopf.

»Pass auf, ich habe das Gefühl, du musst mal wieder abschalten. Wir reden nicht darüber und machen stattdessen etwas Schönes, einverstanden? Ich habe auch schon eine Idee. Komm, ich zeige dir mal was.«

»Du willst mir was zeigen?« Ich mustere ihn, und erst jetzt fällt mir auf, dass er im Gesicht ein paar Farbspritzer hat. »Wo warst du denn?«

»Das erfährst du, wenn du mitkommst. Lust?«

»Also schön, ich bin gespannt. Ich hole eben noch meine Jacke und Tasche, ja?«

Matti nickt. »Ich warte vor dem Haus, komm dann einfach raus.«

Ich husche schnell ins Apartment, um meine Sachen zu holen. Gerade als ich es verlassen will, sehe ich, dass Mia mich anruft, doch ich beschließe, jetzt nicht ranzugehen. Also ziehe ich die Tür hinter mir zu und gehe hinaus zu Matti.

»Dann steig mal auf, die Prozedur kennst du ja«, sagt er, und ich klettere mal wieder auf den Gepäckträger seines Fahrrads. »Halt dich fest, es geht los.«

Schon fahren wir in Richtung Meer, vorbei am scheinbar endlosen Strand, der von den sanften Wellen der Nordsee umspült wird, immer weiter, bis wir den Hafen von Hörnum erreichen. Die salzige Meeresluft weht uns entgegen, und das sanfte Plätschern der Wellen klingt beruhigend in meinen Ohren. Dazu das Lachen von Kindern, die auf den Steinen spielen, das Schlagen von Bootstauen und das leise Flüstern des Windes – es könnte nicht besser passen.

»Okay, was machen wir hier?« Als Matti das Rad stoppt, sehe ich mich neugierig um, und mein Herz beginnt vor Vorfreude schneller zu schlagen. Irgendetwas hat er sich überlegt, und ich möchte schon zu gern wissen, was es ist.

Ich halte mich noch kurz an ihm fest, bevor ich absteige. Unsere Hände berühren sich leicht, und ein warmer Schauer durchfährt meinen Körper. Oh Mann. Auf einmal drängen sich wieder Mias Worte in meinen Kopf. Ich in den Fängen des Seesternjägers. Doch ich schiebe sie beiseite.

»Und, was wolltest du mir zeigen? Die Schiffe?«, frage ich mit einem Lächeln, während ich aufgeregt in Richtung Hafenbecken blicke.

Matti deutet auf ein elegantes weißes Boot unmittelbar vor uns. Es schaukelt ganz sanft hin und her und glänzt im leichten Sonnenlicht – ein Anblick, der ein unbeschreiblich schönes Gefühl in mir auslöst.

»Das ist mein kleines Segelboot«, erklärt er stolz, und ich kann die Leidenschaft in seinen Augen sehen. »Hier verbringe ich momentan viel Zeit, um es fit zu machen.«

Als er davon spricht, spüre ich erneut ganz deutlich, wie sehr sein Herz für das Meer schlägt. Ich betrachte das Boot und kann mir lebhaft vorstellen, wie er mit den Segeln den Wind einfängt und über das glitzernde Meer gleitet.

»Du hast wirklich ein eigenes Boot?«, frage ich verblüfft.

»Ja, ich habe es heute erst neu gestrichen. Und, was sagst du?«

»Es ist toll, echt der Wahnsinn«, bemerke ich leise, beeindruckt von der Szenerie und der Atmosphäre, die mich umfängt. Es ist wirklich schön, dass Matti diesen besonderen Moment mit mir teilt.

»Ich weiß, es klingt ein wenig verrückt, aber ich habe es schon vor einiger Zeit gekauft, weil ich dachte, irgendwann mal eine Tour hinaus aufs Meer zu machen. Und im Rahmen meines Konzepts wäre es toll, besondere Touren für Touristen anzubieten. Klar gibt es das Angebot hier schon, man kann natürlich Touren machen und auch zu den anderen Inseln fahren, nach Amrum und so. Doch ich dachte, ich biete dazu noch Fahrten an, auf denen man einfach abschalten kann.«

»Wow, damit habe ich nicht gerechnet«, sage ich und trete näher heran.

»Dann gefällt es dir also?«

»Ja, sehr. Und was machen wir jetzt hier?«

»Hast du schon einmal auf einem Boot gechillt?«, entgegnet er.

»Nein, ehrlich gesagt nicht.«

»Dann wird es aber Zeit.« Matti steigt auf das Boot und streckt dann seine Hand aus, um mir beim Aufsteigen zu helfen. »Du hast die Erlaubnis, an Bord zu kommen, Katha.«

Mein Herz macht einen heftigen Satz. »Sagt man das so?«, frage ich.

Er lächelt, und in diesem Lächeln liegt eine Wärme, die mein Herz höherschlagen, weiter fliegen lässt. Schon wieder. Ein Kribbeln durchfährt mich, während ich seine Hand ergreife und mich von ihm an Bord ziehen lasse. Die Holzplanken unter meinen Füßen knarzen leicht, als ich das Deck betrete. Meine Blicke schweifen über die Details des Bootes, die Segel, die er gesetzt hat, und die Knoten, die geschickt geknüpft sind. Alles wirkt auf eine gewisse Weise vertraut und dennoch aufregend neu.

»Moment noch, ich mache es uns ein wenig gemütlich«, sagt Matti und öffnet einen Kasten. Er zieht eine kuschelige Decke daraus hervor und breitet sie auf dem Deck aus. Dann setzt er sich darauf und zieht mich behutsam zu sich hinunter. Die Wärme seines Körpers und der Geruch des Meeres umgeben mich, und ich fühle mich geborgen und sicher.

»Möchtest du mir jetzt erzählen, was so schlimm war?«, fragt er plötzlich, und seine Fürsorge berührt mich tief. So eigennützig, wie alle behaupten, ist er wirklich nicht. Immerhin nimmt er sich die Zeit, etwas mit mir zu unternehmen, er fragt mich, wie es mir geht, wie ich mich fühle. Kurz denke ich wieder an den Streit mit Mia, doch ich will nicht, dass er diesen Augenblick überschattet. Hier mit Matti zu sitzen, umgeben von der unendlichen Weite des Meeres, ist so schön, dass ich nicht wieder Sorgen spüren möchte.

»Soll ich dir was sagen? So wirklich weiß ich es gar nicht mehr, zumindest nicht in diesem Moment«, antworte ich ehrlich. Die Gedanken, die mich zuvor noch belastet haben, scheinen sich tatsächlich in Luft aufzulösen.

»Deswegen habe ich dich mitgenommen. Das ist der Booteffekt«, erklärt er mit einem Grinsen.

»Der … was?«

»Der Booteffekt, so nenne ich das. Wenn es mir nicht gut geht, wenn ich zu viel nachdenke, grüble, zu viele Sorgen im Kopf habe, dann komme ich hierher. Schau, es ist die perfekte Kombination aus allem. Ich liebe das Meer, und wenn ich hier auf meinem Boot bin – zwar nur am Hafen, aber immerhin –, dann stelle ich mir vor, dass ich auf dem Meer treibe und alles gut wird. Dass ich mein Boot schon durch die raue See bekomme.«

Ich schlucke. »Das ist ein schöner Gedanke. Ehrlich gesagt ist das alles hier gerade ziemlich verrückt für mich.«

»Klar, eigentlich sollte es ein kurzer Urlaub sein nach dem Drama, das du hattest. Und jetzt …«

»Jetzt bin ich verwirrter, als ich es vorher war.«

Matti steht auf, holt ein paar Getränke aus dem Kasten und stellt sie vor mir ab. »Hast du Durst?«

Ich betrachte ihn und auch das Bier skeptisch. »Hast du das etwa so geplant? Ist das eine deiner Maschen? Und ich soll darauf hereinfallen?« Kurz werde ich wieder unsicher. Warum tut er das alles für mich?

Doch er schüttelt entschieden den Kopf. »Nein, du fällst auf nichts herein. Das sind meine Vorräte. Sonst sitze ich hier nur allein. Ausschließlich. Gut, Chris war schon mal hier und auch zusammen mit Tammy.

Sie haben mir bei ein paar Arbeiten geholfen. Jedoch nur der enge Kreis.«

»Und dazu zähle ich jetzt auch?«

Ein Schmunzeln umspielt seine Lippen, während er die Flaschen für uns öffnet. »Ich weiß nicht, was dich genau bedrückt, aber stell dir einfach vor, du treibst durchs Meer: Was wünschst du dir, wohin willst du das Boot steuern?«, fragt er, und ich denke nach.

Ja, wohin? Gute Frage.

»Mein Boot würde ziemlich planlos umherfahren«, antworte ich. »Klar bin ich momentan verwirrt, aber ... aber weißt du was? Ich glaube, hier zu sein, ist das Beste, was mir passieren konnte nach der Sache mit Martin und allem anderen. Ich fühle mich, als wäre ich aufgeweckt worden, obwohl ich gar nicht gemerkt hatte, dass ich eingeschlafen war. Und mein Boot – auch wenn es planlos ist, fährt es zumindest wieder.«

Matti nickt verständnisvoll. »Ich kenne das Gefühl. Mir ging es genauso. Es hört sich zwar blöd an, aber die Verletzung zum Beispiel war gut für mich. Damals dachte ich auch, jetzt geht es nicht mehr weiter, das war's. Doch so war es nicht.«

»Wohin möchtest du dein Boot denn steuern?«, will ich wissen.

»Hierher ans Ufer. Ich würde gern die Sache mit den Erlebnissen umsetzen, ich glaube, das könnte gut werden. Um ehrlich zu sein, ich möchte ankommen, immer wieder. Losfahren, um dann anzukommen – hier am Hafen.«

»Das klingt schön.«

»Und du?«, fragt er.

»Na ja, ich würde auch gern ankommen. Mir gefällt es hier, in den letzten Tagen habe ich mich so wohlgefühlt wie lange nicht mehr. Nach allem, was war, kann ich mir gerade nicht mehr vorstellen, wieder zu gehen. Ich würde gern länger hierbleiben.«

»Vielleicht ist es genau das. Vielleicht soll es so sein, und du bist angekommen«, sagt Matti mit einem Mal.

»Du meinst hier auf Sylt?«

»Ja. Wenn es so ist, dann bleib einfach. Außerdem wäre es toll, wenn jemand die Events hier fotografieren könnte.«

Ich winke sofort ab. »Das meinst du doch nicht ernst, oder? Wir kennen uns kaum, und jetzt willst du gleich eine geschäftliche Beziehung eingehen? Und wie soll ich davon leben?«

»Sylt bietet ja noch viel mehr Möglichkeiten«, gibt er zu bedenken. »Es werden hier andauernd Fotografen gebraucht.«

»Aber es gibt sicher auch schon sehr viele.«

»Schon, doch keine wie dich.«

»Du bist wirklich ein Träumer.«

»Nein, ich bin jemand, der Möglichkeiten sieht. Und wir leben doch nicht nur, um zu arbeiten, sondern arbeiten, um zu leben.«

Ich stupse ihn an. »Aber man muss seine Rechnungen bezahlen können. Und auch wenn ich deine Vergleiche mit dem Boot liebe, ein bisschen Orientierung braucht man ja schon.«

»Die hast du doch auch. Also, warum nicht? Natürlich hört es sich verrückt an, aber manchmal muss man die Dinge einfach ausprobieren. Und wenn das Boot dann kentert, ist es eben so. Doch das kann genauso passieren, wenn man sich schon länger kennt. Im Endeffekt musst du natürlich wissen, was du möchtest.«

»Ich dachte, das mit uns ist nur für eine Nacht, und du hältst nichts von Beziehungen, egal in welcher Form?«

Er lächelt. »Ich mag dich, das kann ich sagen. Ich fühle mich wohl und habe nicht das Bedürfnis, dich loszuwerden.«

Unsere Augen treffen sich, und ich versinke in diesem Gefühl, das er mir gibt. Auch wenn es unsinnig ist, versuche ich einfach, es zu genießen. Das alles sind Träume, Hirngespinste. Es ist dumm, unrealistisch, und doch ist es so, dass ich, seit ich Matti begegnet bin, nicht genug davon bekomme.

»Das hätte ich niemals für möglich gehalten«, sage ich, als er mich mit einem Mal an sich zieht.

»Was? Dass der Seesternjäger doch romantisch ist? Was hast du denn gedacht? Dass ich noch nie jemanden geliebt habe?«

Bei seinen Worten klopft mein Herz schneller. »Also hast du?«

»Ja, und ich dachte, es wird etwas daraus. Aber dann war es nicht so. So ist das eben manchmal.«

»Was ist passiert?«

»Sie hat mich verlassen.«

»Hast du sie sehr geliebt?«, flüstere ich.

»Schon, doch wir beide ... Im Nachhinein war es gut, wie es gekommen ist. Sonst wäre ich nicht gereist, nicht hier auf der Insel gelandet. Ich hatte einfach keine Lust mehr auf Beziehungen, und das habe ich genutzt, so gut es ging. Und ich hatte nicht vor, das zu ändern, aber ...« Seine Hand streicht über meinen Rücken. »Aber bei dir fühlt es sich anders an.« Sein Blick sucht meinen, hält ihn fest, ehe er sich zu mir nach vorne beugt. »Da ist einfach was, Katha«, flüstert er.

Ich kann auch nicht leugnen, dass da etwas zwischen uns ist. Seit ich Matti zum ersten Mal gesehen habe. Und vielleicht ist es dumm, trotzdem beuge auch ich mich leicht nach vorne.

»Ja, da ist was«, antworte ich leise, und als sich unsere Lippen nun berühren, sanft und vorsichtig, habe ich das Gefühl, dass mein Herz gleich komplett durchdreht.

Seine Lippen liegen noch auf meinen, als seine Hände meine Wangen berühren, und ich genieße es, weil es sich so anfühlt, als wollte er mich niemals wieder loslassen.

So küssen wir uns eine ganze Weile, bis Matti den Kuss unterbricht und aufsteht. Ich ergreife seine Hand, die er mir hinhält, und schon zieht er mich mit sich ins Innere des Bootes. Als mein Blick auf das schmale Bett in der Kajüte fällt, will ich nichts mehr, als mit Matti darin zu liegen.

Und genau das tun wir auch. Wir kuscheln uns zusammen auf die Matratze, und während wir uns unaufhörlich küssen, tasten sich seine Hände zaghaft unter mein Oberteil. Ich atme schneller, bin aufgeregt, und doch ist es so gut.

»Wow«, haucht er, ehe er mir das Oberteil über den Kopf zieht und mich einen Moment lang ansieht.

»Wow?«

»Ja, absolutes Wow.« Dann beugt er sich vor und küsst mein Dekolleté, schiebt seine Hand hinter meinen Rücken, öffnet den BH und zieht ihn mir vom Körper.

Nun können wir es kaum mehr erwarten, auch noch den Rest unserer Kleidung loszuwerden. Als Matti mich danach erneut küsst, vibriert mein Herzschlag bestimmt gegen seinen Mund, so erregt bin ich. Wir berühren uns, streicheln und küssen uns, und ich liebe es, liebe die Küsse, die er gefühlt auf jeden Winkel meines Körpers verteilt.

Es scheint, als wären unsere Körper füreinander gemacht. In mir herrscht eine unfassbare Wärme, die noch intensiver wird, als ich die Beine fester um ihn schlinge, um ihn noch näher bei mir zu haben. Wir sind uns nun so nah, wie man sich nur nah sein kann.

Eine ganze Weile sind wir einfach nur eins, bis Matti erschöpft auf mir liegt und ich ihn schwer atmend fest an mich drücke.

Verdammt, was war das bitte?

Ein Lächeln stiehlt sich auf seine Lippen. »Das war schön. Aber jetzt muss ich leider zur See fahren.« Ich boxe ihn leicht in die Seite, und er zieht mich an sich. »Nein, ich fahre nirgendwohin. Und weißt du was? Das fühlt sich echt gut an.«

SO SOLLTE es nicht laufen

Als ich am nächsten Morgen aufwache, fühle ich mich gut und kann nicht glauben, was passiert ist. Kurz schwebe ich noch in diesem Gefühl, doch als ich mich nun umdrehe, bemerke ich, dass Matti nicht da ist. Ob er schon aufgestanden ist?

Ich beschließe, nach ihm zu suchen. Auch wenn es mit ihm unglaublich schön war, ist da ja trotzdem noch etwas, über das wir reden müssen. Die Sache mit Mia und den Fotos belastet mich, aber irgendwie werden wir das Ganze doch hinbekommen, oder? Mit Mia, mit uns – was auch immer das ist. Natürlich möchte ich mich mit Mia nicht streiten, doch sie muss auch verstehen, dass Matti nicht so ist, wie sie alle glauben. Er und ich, wir mögen uns. Zumindest fühlt es sich für mich so an. Wir sind ehrlich … Ich schlucke. Ja, ehrlich will ich jetzt auf alle Fälle sein.

Nachdem ich mir mein Shirt angezogen habe, gehe ich langsam die Treppen nach oben. Ich kann es kaum erwarten, Matti gleich zu küssen, ihn im Arm zu halten und im besten Fall noch mal unter Deck zu ziehen, um alles zu klären, was mir auf dem Herzen liegt.

Als ich an Deck komme, fällt mein Blick auf Matti, und in mir kribbelt es. »Moin«, sage ich, woraufhin er sich zu mir umdreht.

»Moin, du schnarchendes Wesen. Ich habe uns Kaffee geholt.« Grinsend reicht er mir einen Becher.

»Wow, danke.«

»Hast du gut geschlafen?«

»Ja, und du?«

»Erstaunlich gut«, antwortet er, und wir stoßen mit unseren Kaffeebechern an. »Auf einen guten Tag.«

»Ja, auf einen guten Tag.«

Ich möchte wirklich, dass es ein guter Tag wird. Und dazu muss ich möglichst schnell einiges klären.

»Was hast du heute vor?«, fragt er mich, nachdem wir beide einen Schluck getrunken haben.

»Na ja, ich muss jetzt dann mit Mia reden.«

»Hat dich das gestern belastet? Hattet ihr Streit?«

»Ein bisschen, wenn ich ehrlich bin.« Okay, nun ist die Gelegenheit günstig, nun sollte ich die Karten auf den Tisch legen.

»Das tut mir leid. Sicher wegen mir?«

Ich zögere kurz, ehe ich nicke. »Schon. Sie sind nicht sehr begeistert von dir und darüber, dass wir so viel miteinander unternehmen.«

Er seufzt. »Das verstehe ich sogar.«

»Ich finde, das sollte aufhören«, sage ich entschieden.

»Von meiner Seite jederzeit.«

Er gibt mir einen Kuss auf die Wange, und auch wenn es schön ist, sticht es in meiner Brust. Das Ganze hier, in diesem Augenblick wirkt es so perfekt, aber eigentlich ist es das ja nicht. Denn das mit Matti und mir – wie man es auch dreht und wendet, es hat keine Zukunft, oder? Doch jetzt darüber nachzudenken, bringt nichts, zuerst sollte ich das mit Mia klären. Ich trinke einen weiteren Schluck von meinem Kaffee und atme die frische Meeresluft ein.

Matti blickt mir fest in die Augen, und seine Mundwinkel zucken leicht. »Ich würde ja jetzt am liebsten noch mal mit dir … Aber ich denke, du musst erst das mit Mia klären, oder? Weil es dich belastet.«

»Ja, leider.«

»Und wenn das erledigt ist, können wir danach was zusammen unternehmen. Vorfreude ist ja bekanntlich die schönste Freude.«

Jetzt muss ich doch lachen. »Das stimmt.« Ich beuge mich vor und küsse ihn erneut. Gerade möchte ich das hier einfach ausleben, ob es Sinn macht oder nicht. »Ich habe da vielleicht sogar eine Idee.«

»Ach ja? Inwiefern?«

»Wegen des Projekts und des Konzepts, aber darüber reden wir später. Erst muss ich das andere mal aus der Welt schaffen.«

»Gut, ich würde sagen, lass uns austrinken und dann gleich losfahren.«

»So schnell?« Fragend sehe ich ihn an.

»Ja, denn umso schneller bist du wieder hier.«

Nachdem Matti mich am Apartment abgesetzt hat, springe ich unter die Dusche und mache mich anschließend auf den Weg zum Café. Ich will die Sache aus der Welt schaffen, denn ich möchte absolut keinen Streit. Und meine Idee könnte vielleicht alles und alle irgendwie zusammenbringen.

Als ich mit der Kamera in der Tasche das Café erreiche, bin ich erleichtert, denn Mia lächelt mir schon von Weitem entgegen, und wenig später liegen wir uns in den Armen.

»Streiten ist doof«, meint sie, und ich nicke.

»Ja, ich wollte das auch nicht.«

Als wir uns voneinander lösen, winkt Bene mir zu. »Gott sei Dank«, ruft er und kommt zu uns her. »Mia war ganz fertig gestern. Sie hat sich solche Sorgen gemacht.«

»Tut mir leid«, antworte ich. »Das hätte nicht so ausarten sollen. Wir müssen einfach reden.«

Mia streicht sich eine Haarsträhne aus dem Gesicht. »Ja, unbedingt. Bene, können wir mal eben?«

»Klar, Fine ist ja auch da. Sprecht miteinander. Setzt euch nach draußen oder wohin ihr wollt.«

Schließlich sitzen wir an einem der Tische im Außenbereich des Cafés, vor uns zwei Gläser mit einem lecker aussehenden Fruchtsaft.

»Ich habe auch die Kamera dabei, weil ich denke, dass es dir ein bisschen hilft, meine Situation zu verstehen«, erkläre ich. »Es geht um mehrere Dinge, zum einen um die Fotos, die ich von Matti gemacht habe. Ich zeige dir mal ein paar davon.«

Mia nimmt einen Schluck aus ihrem Glas und betrachtet dann die Fotos. »Sie sind schön, wirklich«, lobt sie mich.

»Danke. Und jetzt zeige ich dir die Bilder von euch und vom Café.« Während wir durch die Fotos blättern, wird Mias Lächeln immer breiter. Bene und Fine sind nun neugierig geworden und werfen ebenfalls einen kurzen Blick auf die Aufnahmen, die ich gestern von allen gemacht habe.

»Wie glücklich wir darauf wirken«, sagt Mia.

»Und jetzt pass auf, ich habe da einen Gedanken, ich hoffe, er wird dir gefallen«, antworte ich. »Ich habe mir Folgendes überlegt: Das alles hier ist so schön und …«

»Was ist schön? Dieses Café?« Die Stimme einer Frau drängt sich in unser Gespräch.

Mia wendet sich zu ihr um und strahlt. »Svantje.« Sie steht auf und umarmt die Frau, die mich nun auch lächelnd ansieht.

Ja, es ist Svantje. Die bunten Ohrringe … Sie verströmt eine Fröhlichkeit, der man sich nur schwer entziehen kann.

»Ich freue mich so, dich zu sehen«, begrüßt Mia sie herzlich. »Seid ihr wieder im Lande?«

»Ach, es war traumhaft in Kopenhagen. Ich sage euch, so ein Ausflug lohnt sich immer.«

Ich stehe ebenfalls auf und reiche Svantje die Hand. »Hallo, ich bin Katha, Mias Cousine«, stelle ich mich ihr vor.

»Das dachte ich mir neulich schon. Freut mich sehr. Wie gefällt es dir bisher auf der Insel?«

Ehe ich antworten kann, gesellt sich ein Mann zu uns. Ich erkenne ihn sofort: Es ist Heiner. »Moin, alle zusammen.« Freundlich sieht er in die Runde, und sein Blick bleibt an mir hängen. »Also, ich würde sagen, dem Fräulein Sonnenschein gefällt es sehr gut hier, sie strahlt schon wieder. Alles geklärt? Hat es geholfen, die Seele mal baumeln zu lassen?«

»Na ja, fast«, entgegne ich.

»Hast du wieder gute Ratschläge verteilt?«, fragt Svantje, und er lächelt, als sie seine Hand nimmt.

»Ihr seht gerade so glücklich aus. Darf ich?« Ich greife nach meiner Kamera und drücke einfach ab.

»Oh, ein Foto?« Svantje beißt sich auf die Lippe.

»Tut mir leid, ich musste das jetzt machen«, sage ich schnell, als ich ihre erstaunte Reaktion bemerke. »Ich hoffe, es ist okay.« In meinem Kopf rattert es schon wieder, und meine Idee wird nun immer greifbarer.

»Katha ist Fotografin«, erklärt Mia. »Sie hat gestern Fotos vom Café gemacht, die müsst ihr euch gleich mal ansehen.«

»Das ist aber schön. Und wofür sind die Fotos?«, will Svantje wissen.

»Wir dachten, zuerst einmal für die Website«, antwortet Mia. »Und auch hier im Café könnten wir ein paar neue Bilder dazuhängen. Aber ich wollte sowieso mit dir reden.«

Svantje nickt und wendet sich Bene zu. »Machst du bitte Heiner und mir einen Kaffee, Jung?«

»Alles klar, wird gemacht.« Er zwinkert ihr zu und begibt sich hinter den Tresen, wo er sogleich die Kaffeemaschine anwirft.

Währenddessen setzen wir anderen uns an den Tisch, und Mia beginnt, Svantje von ihren Plänen zu berichten. Mist, dabei wollte ich doch vorher mit Mia reden. Jetzt bleibt mir nichts anderes übrig, als erst mal abzuwarten.

»Also, du hast sicher mitbekommen, dass gerade wegen des Strandstücks diskutiert wird. Du weißt schon, das Areal, wo im Hochsommer die Surfschule war.«

»Ja, das habe ich gehört«, antwortet Svantje. »Dabei geht es doch auch um das Gebäude davor, den ehemaligen Laden. Ach, Lutz hat seinen Ruhestand wirklich verdient.«

»Genau. Die Gemeindeverwaltung hat eine Bewerbungsrunde für das Strandstück ausgerufen. Ich dachte, es könnte super passen, wenn wir bei dem Wettbewerb mitmachen. Wir könnten dort eine Art Pension mit Strandbar aufziehen und dadurch das Café und das Konzept, wofür es steht, erweitern.«

Bene stellt den Kaffee auf dem Tisch ab, und Svantje nimmt einen Schluck. Dann hört sie weiter zu, und auch Heiner wirkt neugierig und interessiert. Oh Mann, warum verrät Mia das jetzt schon? Ich muss doch erst alles mit ihr klären.

»Die Fotos sollen die Idee, die wir haben, unterstreichen. Wenn wir das Konzept visuell darstellen, fördert das die Fantasie. Ich meine, wir hier, das Team, wir wären einfach perfekt dafür. Und Katha kann es professionell umsetzen.«

Einen Moment lang überlegt Svantje. »Nun ja, ein interessanter Gedanke und vielleicht wirklich keine schlechte Idee, wobei ... eine Pension müsste schon noch etwas größer sein«, sagt sie dann. »Und was ist mit der Surfschule? Ist die passé?«

»Das wäre so eine Sache«, gibt Mia zu. »Wir haben herausgefunden, dass Matti, einer der Surflehrer, sie übernehmen und weiterführen möchte. Aber mal unter uns, ich würde diesem Casanova nichts in die Hand geben. Ich denke, wir haben da viel bessere Chancen.«

»Okay, und wie willst du jetzt vorgehen?«

»Katha soll das Konzept entwickeln, und wir reichen es erst mal ein, wenn du einverstanden bist.«

Ich schlucke, denn genau das ist ja der Punkt, über den wir noch gar nicht richtig gesprochen haben.

»Also, ich würde es schon interessant finden, zu expandieren«, meint Svantje und sieht nun direkt mich an. »Und das würdest du machen?«

Verdammt. Was jetzt?

»Ich, also ... klar«, antworte ich, weil ich nicht weiß, was ich sonst tun soll, und noch überlege, wie ich das Ganze jetzt aufkläre.

»Und was ist mit diesem Surfer? Woher kennt ihr eigentlich seine Pläne?«, fragt Heiner, der irgendwie skeptisch wirkt.

Ja, woher? Mia grinst. »Na ja, Katha hat sich mit ihm getroffen und ihn ein wenig ausspioniert. Wir übernehmen sein Konzept jetzt für uns. Ich würde sagen, das ist einfach Wettbewerb.«

Ich will etwas entgegnen, doch dazu komme ich nicht mehr. Denn mit einem Mal steht Matti vor uns. In der Hand hält er meinen Hoody, seine Augen sind weit aufgerissen.

»So ist das also«, sagt er tonlos, und ich zucke heftig zusammen. Die Enttäuschung in seinem Blick ist geradezu greifbar. »Tut mir leid, dass ich die Runde störe, aber ich …« Er schluckt und sieht mich an. »Ich wollte dir eigentlich deinen Hoody bringen und dachte, dir eventuell beistehen zu können, weil dich die Sache mit dem Streit so belastet hat. Und jetzt das.« Er schüttelt mehrmals den Kopf. »Du hast mich also wirklich ausspioniert, weil deine Cousine ebenfalls plant, sich zu bewerben. Du hast mich benutzt, Katha, und das, obwohl wir doch so ehrlich sein wollten.« Er atmet tief durch. »Wow, einfach nur … wow.«

Eilig stehe ich auf und gehe auf Matti zu. »Nein, so ist es nicht, also …«, versuche ich, mich zu wehren.

»Nicht? Was ich gerade gehört habe, klang doch eindeutig.«

»So klang es, aber es ist nicht so.«

»Klar. Ernsthaft, Katha, ich dachte, wir sind ehrlich zueinander. Und dann machst du so was, erst recht, nachdem ich dir meine Gefühle gestanden habe.«

Entgeistert blickt Mia zwischen Matti und mir hin und her. »Wie bitte? Ihr habt Gefühle füreinander? Das ist doch lächerlich.«

Ich hebe die Hand. »So ist es aber. Du musst mir glauben, Matti, ich wollte das gerade klären. Es ist nicht so, wie du denkst.«

»Ach ja? Wie ist es dann?«

Bene tritt zu uns an den Tisch, direkt gefolgt von Fine. »Was ist hier los?«, will er wissen.

»Was los ist?«, ruft Matti. »Ihr bringt wirklich so was? Ich meine, dass ihr mich hasst, okay, aber Katha?« Sein Blick trifft mich noch härter als seine Worte.

»Matti, so ist es wirklich nicht, ich …«, versuche ich es noch einmal, doch er lässt mich nicht mehr zu Wort kommen.

»Ach, wisst ihr was? Macht doch, was ihr wollt«, presst er durch die zusammengekniffenen Lippen. Dann wirft er mir den Hoody zu, dreht sich einfach um und eilt davon.

Mit einem Mal ist die Stimmung unheimlich gedrückt, und mein Herz schmerzt heftig.

Mia zuckt mit den Schultern. »Soll er doch abhauen. Gefühle? Echt jetzt? Als ob der welche hat.«

Geschockt stehe ich da. »Die hat er aber«, entgegne ich leise, und meine Stimme bricht.

»Was ist hier los?«, schaltet sich Svantje mit energischem Ton ein. »Das war nicht besonders nett von euch. Stimmt es, was der junge Mann gesagt hat?«

»Ja, aber …«, entgegnet Mia, doch Svantje hebt die Hand.

»Nein, Mia! Wirklich, ihr solltet das klären. Wir leben alle hier auf Sylt, wir alle sind diese Insel. Und es ist nie richtig, einen unfairen Kampf auszufechten. So was geht gar nicht.«

Heiner nickt und wendet sich nun ebenfalls Mia und Bene zu. »Mal ehrlich, gerade ihr beide solltet wissen, dass man so etwas nicht macht. Und Mia, erinnerst du dich noch daran, wie du dich damals gefühlt hast? Oder hast du das schon vergessen?«

Mia wirkt jetzt ziemlich geknickt.

Und ich? Ich spüre noch immer Mattis enttäuschten Blick auf mir und habe mit einem Mal nur noch den Drang, ihm nachzugehen und ihm alles zu erklären.

»Ich muss mal eben weg«, sage ich nur noch, ehe ich aufstehe und ebenfalls das Café verlasse.

Mit zügigem Schritt gehe ich die Promenade entlang, aber von Matti ist weit und breit nichts zu sehen. Verdammt, was mache ich denn jetzt? Ich ziehe mein Handy aus der Tasche, wähle Mattis Kontakt und rufe ihn an, doch er drückt mich weg.

So sollte es doch nicht laufen. So ganz und gar nicht.

Wenn ich hier auf meinem Boot bin,
stelle ich mir vor, dass ich auf dem
Meer treibe und alles gut wird.
Dass ich mein Boot schon durch
die raue See bekomme.

ES KANN
funktionieren

Zurück in meinem Apartment fühle ich mich einfach
nur mies. Das Ganze hätte niemals so eskalieren dürfen. Ich habe noch ein paarmal versucht, Matti anzurufen, aber er drückt mich immer weg. Klar, er ist
sauer auf mich, und ich kann ihn verstehen, an seiner
Stelle wäre ich es auch. Vor allem nach dem, was er
gehört hat. Natürlich denkt er, ich hätte ihn die ganze Zeit angelogen.

Eine Träne rinnt mir über die Wange. Was jetzt?
Wie soll ich das wieder geradebiegen? Irgendwas
muss man doch tun können. Ich spüre den salzigen
Geschmack der Träne und denke nach. Wäre Svantje
nicht gekommen, hätte ich Mia erzählen können, was
ich mir ausgedacht habe. Denn meine Idee ist gut.

Wenn sie mir nur alle zuhören würden. Auch
wenn es vielleicht keinen Sinn mehr macht, will ich

es dennoch versuchen. Also wische ich die Träne weg, setze mich an den Laptop und betrachte die Fotos, die ich bereits von der Kamera auf den Computer kopiert habe. Als ich das Bild von Matti öffne, das ihn während des Sonnenaufgangs zeigt, muss ich allerdings schon wieder weinen. Wie verträumt er aussieht, wie hoffnungsvoll. Die Aufnahmen von ihm berühren mich. Sie wirken so ehrlich, und auch sein Konzept ist gut. Aber natürlich wollte ich auch Mia nicht verletzen. Es ist so verzwickt.

Svantjes Worte von vorhin fallen mir wieder ein. *Wir alle sind diese Insel,* meinte sie, und damit hat sie völlig Recht. Denn das war auch mein Gedanke.

Und dann fange ich einfach an. Beinahe automatisch beginne ich, die Fotos zu setzen und Texte einzutippen. Es ist, als würde es einfach so aus mir herausfließen. Ich wünsche mir nichts mehr, als dass diese Sache endlich geklärt wird.

Die Zeit vergeht, und ich sitze bestimmt noch eine weitere Stunde da, bis ich wirklich zufrieden bin mit dem, was ich zusammengestellt habe. Als ich die Präsentation ablaufen lasse, lächele ich. »Das ist es«, sage ich zu mir selbst und reibe mir die Hände.

Jetzt muss ich es nur noch schaffen, alles zu organisieren. Und ich will offen sein, in jeder Hinsicht. Also rufe ich als Nächstes Mia an.

Nachdem wir das Telefonat beendet haben, atme ich tief durch. Das Gespräch war ziemlich heftig, und auch ein paar Tränen sind geflossen, als ich Mia alles erzählt habe – einschließlich der Sache mit Frank Kreiner. Sie weiß jetzt auch, was Matti alles zu mir gesagt hat und wie sehr er mich aufgebaut hat in den letzten Tagen.

Ja, Matti, jetzt muss ich nur noch mit ihm reden. Ich versuche es noch mal bei ihm, aber er geht wieder nicht ran. Mist, was mache ich jetzt nur? Also schreibe ich ihm:

Hey, es tut mir sehr leid. Kannst du dich bitte melden? Es ist wirklich sehr wichtig, damit ich dir alles erklären kann.

Doch ich bekomme keine Antwort, obwohl ich sehen kann, dass er die Nachricht gelesen hat.

Auf einmal lässt die Anspannung in mir ein wenig nach, denn ich spüre neue Hoffnung. Es gibt einen Ort, wo ich Matti finden kann. Und genau dort werde ich jetzt hingehen.

»Hey«, sage ich leise. Matti steht mit dem Rücken zu mir auf dem Deck und blickt in die Sonne. Doch nun dreht er sich langsam zu mir um.

Ich habe so sehr gehofft, ihn hier am Hafen auf seinem Boot zu finden, und bin erleichtert, dass er wirklich da ist. Er scheint allerdings nicht gerade begeistert zu sein, mich zu sehen.

»Ich wusste, es ist ein Fehler, jemandem meinen Lieblingsplatz einfach so leichtfertig zu zeigen«, meint er. Seine Stimme klingt ernst.

Ich räuspere mich. »Hör mir doch bitte zu, Matti. Es war Mist, was du gehört hast, und es tut mir auch wirklich leid, okay? So sollte das nicht sein.«

Er lacht zynisch auf. »Ach ja? Wie denn sonst? Hätte ich in der Bewerbungsrunde, wenn du wieder weg bist, erfahren sollen, dass du hinter meinem Rücken ein gemeines Spiel gespielt hast? Tolle Idee!«

»Nein, natürlich nicht. Ich wollte es dir gestern sagen, da hat mich die Sache schon belastet, als Mia mit dem Thema anfing. Und deswegen hatte ich mich auch mit ihr gestritten. Du musst mir glauben, es tut mir unheimlich leid …«

»Was genau?«, unterbricht er mich. »Dass du mich bewusst verarscht hast oder dass du mich ausspioniert und mein Konzept verraten hast?«

Ich seufze. »So war das nicht, Matti, wirklich nicht. Kann ich an Bord kommen? Bitte.«

Er atmet tief durch und nickt dann. Wenigstens etwas. Ich steige zu ihm auf das Boot und stehe ihm dann gegenüber – am selben Ort, an dem wir gestern Abend noch so innig miteinander waren.

»Es war wirklich nicht so«, sage ich noch einmal.

Er streicht sich durchs Haar. »Ach ja? Hat sich aber verdammt noch mal so angehört.«

»Lass es mich bitte kurz erklären. Nach unserem Shooting bin ich ins Café gegangen, um mit Mia zu reden, aber dann ging alles so schnell. Ich habe Fotos für sie gemacht, und als ich ihr sagte, dass ich die Kamera von dir hätte, hat sie total merkwürdig reagiert. Sie meinte, ich sei bescheuert. Man könne dir nichts glauben, und du würdest nichts ohne Eigennutz machen. Ich sagte ihr, dass ich das nicht so empfinde und … ja, dann hatten wir auf einmal Streit.«

»Also hat Mia dich nicht beauftragt, herauszufinden, was ich geplant habe?« Sein Blick liegt intensiv auf mir.

»Doch, das hat sie. Aber bitte glaub mir, es war so, wie ich es dir gerade erklärt habe. Ich wollte es heute im Café endgültig richtigstellen, doch dann kam Svantje dazu und … den Rest kennst du ja. Ich wollte dich nicht ausspionieren, sondern dich nach dem Abend am Strand wiedersehen, weil ich jede Minute mit dir genossen habe. Bei dir fühle ich mich lebendig, du lässt mich fliegen, und ich glaube, es ist Schicksal.« Er sieht mich stumm an, und so spreche ich einfach weiter. »Ich weiß, ich hätte es dir gestern schon sagen sollen. Aber ich dachte, ich kann es vorher klären und irgendwie vermitteln. Und jetzt … unser Boot wankt zwar, doch ich bin mir sicher, wir kriegen das hin. Glaub mir, ich wollte das nicht, ich … ich bin da reingerutscht …«

»So? Reingerutscht? Mal ehrlich, nur weil sie mich hassen, muss man noch lange nicht so was machen. Ich habe ihnen nichts getan, sie wissen rein gar nichts über mich. Ja, ich hatte Mädchen, nannte sie Seesterne, und es war scheiße, wenn ich jemanden verletzt habe. Trotzdem … verdammt.« Er blickt in den Himmel.

»Ich weiß ja auch nicht wirklich viel über dich«, sage ich. »Aber ich weiß, was ich fühle und dass ich auf deiner Seite bin.«

Er seufzt. »Das ist schön, hilft mir allerdings auch nicht. Und ich sage diesem Frank Kreiner auch noch ab.«

»Wie? Er hat sich bei dir gemeldet?«

»Ja, er hätte es gemacht, aber ich war es, der abgesagt hat.«

Mein Herz klopft heftig. »Matti, bitte, es tut mir leid. Ich bin so froh, dass ich dich getroffen habe. Und ich bin ganz auf deiner Seite. Das war ich die ganze Zeit – und übrigens nicht nur ich, auch Svantje und Heiner.«

Erstaunt sieht er mich an. »Ach ja?«

»Ja. Svantje hat Mia ziemlich angegangen, nachdem du gegangen warst.«

»Zu Recht.«

»Und sie hat etwas ganz Wichtiges gesagt, genau das, was ich auch empfunden habe. Ich hatte den Gedanken schon, als ich vorhin mit Mia reden wollte.«

»Und was ist das?«

»Ich will es dir erklären. Pass auf und hör mir einfach zu. Ich habe da etwas erstellt, und ich glaube, es wäre genau das Richtige für alle. Wir müssen nur bereit sein, uns zusammen an einen Tisch zu setzen. Mia ist es, ich habe schon mit ihr gesprochen. Ihr tut es auch leid. Also, was sagst du? Kommst du mit ins Café? Dann zeige ich es euch allen.«

Er beißt sich auf die Lippe. »Bist du sicher? Oder ist das nur ein Trick, weil Fine und Mia mich eigentlich vergiften wollen und du mit ihnen unter einer Decke steckst?«

Ich lache, schlucke dann aber. »Quatsch. Wenn überhaupt, dann nur Jan.«

Jetzt lacht auch Matti kurz auf, wird jedoch gleich wieder ernst. »Und Bene?«

»Ach, der ist neutral.«

Unsere Blicke treffen sich, und schließlich nickt er. »Na gut, dann machen wir es eben. Schlimmer kann es kaum werden.«

Als wir das Café betreten, hat Mia bereits einen der Tische im Innenraum gedeckt. Alle sind da: Svantje, Heiner, Fine und auch Jan.

»Hey«, begrüßt Bene uns. »Schön, dass du gekommen bist«, sagt er zu Matti und streicht sich etwas verlegen durchs Haar. »Was für ein Tag, oder?«

»Ja, danke für's Kommen«, schließt sich Mia an.

Matti hebt eine Augenbraue. »Okay, das ist beinahe unheimlich. Muss ich mir Sorgen machen?«, fragt er.

Bene deutet zu dem gedeckten Tisch, an dem schon Svantje und Heiner, Fine und Jan sitzen. »Setzt euch doch bitte.«

Heiner und Svantje sind die Ersten, die aufstehen und Matti die Hand reichen.

»Hallo, Jung, danke, dass du da bist«, sagt Heiner, worauf Svantje lächelt und Matti aufmunternd zunickt.

»Ich denke, wir können das alles hier ganz schnell aus der Welt schaffen, und das ist auch wichtig.« Sie blickt in die Runde.

Fine steht auf und reicht Matti nun ebenfalls die Hand, Jan tut es ihr gleich.

»Willst du was trinken?«, fragt Bene, nachdem wir alle Platz genommen haben. »Kaffee? Wasser?«

Matti räuspert sich. »Einen Kaffee nehme ich gern, danke.«

»Und ich ebenso«, füge ich an.

Bene geht hinter den Tresen, und schon hört man die Maschine rattern. Während er noch mit dem Kaffee beschäftigt ist, ergreift Mia das Wort.

»Also, noch mal danke. Und es tut mir leid wegen der Sache …«

Matti sieht sie mit ernster Miene an. »Ja, das war nicht sehr cool. Aber okay, jetzt bin ich hier, weil Katha meinte, sie hätte sich etwas ausgedacht, das uns allen helfen könnte.«

Bene kommt zum Tisch zurück und teilt den Kaffee aus. Als er fertig ist, blicken auf einmal alle zu mir, und mein Herz klopft heftig. Ich atme ein paarmal tief ein und aus, ehe ich zu sprechen beginne.

»Also, ich … Tut mir leid, ich bin echt nervös. Jedenfalls freue ich mich, dass wir alle hier zusammensitzen – ohne uns anzuschreien.« Ich grinse verlegen. »Wie auch immer, ich denke, es ist sehr wichtig, damit wir das, was im Raum steht, aus der Welt schaffen können. Außerdem habe ich eine Idee entwickelt, die ich euch gern vorstellen möchte. Ich bin überzeugt, dass sie funktionieren könnte.« Ich wende mich Matti zu. »In der Vergangenheit ist einiges vorgefallen, und ich kann Fine und Jan einerseits auch verstehen, dass sie nicht den besten Eindruck von dir haben, aber …« Mit ernster Miene mustere ich alle der Reihe nach. »Aber wer von uns hat noch nie etwas Dummes gemacht? Und auch wenn das Matti persönlich betrifft, heißt es ja noch lange nicht, dass es im geschäftlichen Bereich auch so sein muss. Niemand hier ist ohne Fehler. Ich darf dich erinnern, Mia – weißt du noch, wie es war, als du auf der Insel ankamst? Wie das zwischen Bene und dir war? Ihr beide hattet wahrlich auch keinen leichten Start.«

Mia und Bene nicken synchron.

Ich fühle mich schon ein wenig leichter, als ich nun weiterspreche: »Und ihr beiden, Fine und Jan, natürlich war das, was euch mit Matti verbindet, nicht so toll, doch manchmal entsteht aus einer scheinbar schlechten Situation eine gute. Denn dadurch habt ihr euch kennengelernt, oder?«

Auch die beiden pflichten mir bei.

»Und dann wäre da noch die Sache, dass man nie weiß, warum Menschen Dinge tun und ob sie wirklich von Grund auf schlecht sind oder eben nicht. Ich muss sagen, ich mag Matti, er hat mir in den wenigen Tagen so viel beigebracht, mich an so vieles erinnert. Und dafür bin ich ihm dankbar, egal wie es jetzt ausgeht.« Ich seufze leise, fange mich jedoch gleich wieder. »Svantje hat heute etwas Entscheidendes gesagt, etwas, das die Idee, die ich bereits hatte, noch weiter gefestigt hat. Sie meinte, wir – also genau genommen ihr – leben alle auf dieser Insel. Wir *sind* diese Insel. Und man sollte zusammenhalten und nicht gegeneinander kämpfen. Nehmen wir zum Beispiel das *Café mit Sylt und Zucker*. Es steht für Liebe, für Zusammenhalt. Die Rosen gehörten eigentlich nicht auf die Insel, sind dann aber durch die Liebe hier richtig aufgeblüht.«

Svantje lächelt. »Das hast du schön gesagt.«

»Danke. Und deswegen bin ich der Meinung, dass man gemeinsam mehr bewegen kann als allein. Also, lange Rede, kurzer Sinn: Ich zeige euch jetzt mein Konzept.«

Ich öffne den Laptop und positioniere ihn so, dass alle einen guten Blick darauf haben, indem ich ihn auf einen der Essenswagen stelle. Dann rufe ich die Präsentation auf und drücke auf den Abspielknopf.

Leichte Musik erklingt, dann ist ein Foto von Matti zu sehen, wie er in die aufgehende Sonne blickt, dazu wird der Text »*Wir alle haben Träume, wir alle suchen nach der Liebe und dem Glück*« eingeblendet.

Es folgen Fotos von Bene und Mia, Svantje und Heiner, den Rosen und schließlich von Fine und Jan.

Zum Text »*Etwas, das uns unverhofft das Herz aufgehen lässt*« werden Bilder gezeigt von den Produkten des Cafés, dem Kaffee, den Torten, dem Gebäck. Von Menschen, die zusammen lachen.

»*Was wäre, wenn es einen Ort gäbe, an dem man genau das haben kann?*«

Nun kommen Fotos von der Surfschule, dem leer stehenden Gebäude und von Matti auf dem Surfbrett, dazu der Text: »*Fülle dein Herz mit Abenteuern – verlieb dich auf Sylt – träume am Meer.*«

Als das Video zu Ende ist und ich einen nach dem anderen anschaue, hämmert mein Herz bis zum Anschlag.

Bene ist es, der als Erster etwas von sich gibt. »Okay, wow.«

»Heißt das, wir sollen uns zusammenschließen?«, fragt Matti.

»Genau das heißt es«, antworte ich. »Mia, du würdest gern das Café erweitern. Matti, du möchtest den Leuten nicht nur tolle Momente, sondern auch einen Platz anbieten, um für eine Weile anzukommen. Wie wäre es also mit Kulinarik und Aktivitäten kombiniert?«

Mia starrt noch immer auf den Bildschirm, obwohl die Präsentation längst zu Ende ist. »Katha, das hast du dir echt gut ausgedacht«, sagt sie schließlich, nachdem ich schon befürchtet habe, dass sie sich dagegen ausspricht.

Erneut blicke ich in die Runde. »Also, ich finde, das Konzept kann sehr gut funktionieren. Allerdings müsst ihr sehen, wie es von der menschlichen Seite ist. Ihr solltet die Streitigkeiten beilegen, sonst geht es natürlich nicht.«

Kurz ist es still, und alle scheinen nachzudenken.

»Ich würde sagen, es ist ein Anfang, dass wir hier zusammensitzen und uns einig sind, dass es wirklich funktionieren kann«, meint Matti. »Denn das Konzept, das sich Katha überlegt hat, ist wirklich gut.« Er sieht mich an und lächelt, was mich unheimlich erleichtert.

»Also, von mir aus ist der Streit beigelegt«, meint Mia. »Es tut mir sehr leid, ich hatte mich da irgendwie verrannt.«

Fine sieht ebenfalls in die Runde, ehe ihr Blick an Matti hängen bleibt. »Du weißt, Matti, wir hatten unsere Differenzen, aber von meiner Seite können wir die auch beiseitelegen und noch mal neu anfangen.« Sie sieht zu Jan, der zustimmend nickt.

»Das klingt doch gut. Dann lasst uns darauf trinken. Auf einen neuen Anfang und das, was noch kommt«, schlägt Heiner vor und hebt seine Kaffeetasse. Alle machen mit, und schließlich klirren die Tassen aneinander. Irgendwie wirkt nun alles deutlich gelöster.

»Um es mal zusammenzufassen«, beginnt Svantje. »Die Idee, beides zu verbinden, ist das, was das Konzept ausmacht. Matti, du als Leiter der Surfschule und der Erlebnissparte, und wir als Leitung der Gastronomie, aber alles unter einem Dach.«

»So ist es. Gemeinsam können wir es stemmen und auch die Erlebnisse anbieten. Sind wir uns so weit einig?«, frage ich, und alle stimmen mir zu. »Gut, dann müssen wir natürlich noch die Details besprechen, doch das hat Zeit, zumindest so lange, bis wir eventuell einen Präsentationstermin bei der Gemeindeverwaltung bekommen.«

Mia steht auf, kommt zu Matti herüber und reicht ihm die Hand. »Und jetzt noch mal ganz offiziell, Matti: Es tut mir leid, ich war wirklich nicht nett zu dir. Dass ich dich ausspionieren wollte, war bescheuert. Ich entschuldige mich dafür.«

Matti ergreift ihre Hand und erhebt sich ebenfalls. »Mir tut es genauso leid.« Er wendet sich Jan zu. »Auch wegen deiner Aushilfe, Jan, und welchen Eindruck ich gemacht habe.«

Jan nickt. »Ich denke, wir haben uns da alle in etwas hineingesteigert.«

Schließlich löst sich die Runde auf, mit dem Ergebnis, dass Svantje persönlich das Konzept bei der Gemeindeverwaltung einreichen wird. Nachdem sie und Heiner sich verabschiedet haben, bleibe ich noch ein wenig mit Mia, Bene, Matti, Jan und Fine im Café sitzen.

»Kaum zu glauben, aber das könnte was werden«, sagt Fine.

»Ich bin mir sicher, es wird toll«, pflichte ich ihr bei. »Ihr müsst mir dann unbedingt berichten, wie es weitergeht, ja?« In diesem Moment wird mir endgültig bewusst, dass mein Urlaub bald vorbei ist.

»Natürlich machen wir das«, verspricht Mia mir. Sie runzelt die Stirn. »Alles okay?«

Ich winke ab. »Klar, alles gut.« Dennoch merke ich, dass ich mit einem Mal ziemlich traurig bin und am liebsten nicht wegfahren würde. Ja, was ich zu Matti gesagt habe, stimmt, ich fühle mich angekommen. Und auch wenn es bescheuert ist, hierbleiben zu wollen, sticht es dennoch in meiner Brust.

»Also, dann packe ich es auch mal«, sagt Matti. Er steht auf und winkt in die Runde. »Wir bleiben in Kontakt, würde ich sagen. Ich freue mich.«

»Dito«, antwortet Bene und klatscht mit ihm ab.

Der Stich in meiner Brust wird noch heftiger. Ohne mich zu beachten, geht Matti nun zur Tür. Er ist scheinbar noch immer sauer auf mich, aber damit muss ich wohl leben.

»Geh schon zu ihm«, flüstert Mia mir zu und stößt mich mit dem Ellenbogen an. »Ihr habt sicher auch noch was zu bereden.«

Ich zucke mit den Schultern. »Ich weiß nicht, ich ...«

Ohne mich zu fragen, zieht sie mich von meinem Stuhl hoch und ruft Matti hinterher: »Warte doch mal, Matti, ich denke, ihr beide habt auch noch was zu besprechen.«

Er dreht sich langsam zu uns um, und ich habe das Gefühl, gleich im Erdboden zu versinken. Matti wollte gehen, ohne mit mir zu reden, also ...

»Nein, nein«, ich winke ab, »Matti hat mir nichts zu sagen. Aber ich bin froh, dass ihr das geklärt habt, ist ja auch viel wichtiger und ...«

Er kommt ein paar Schritte zurück und bleibt lächelnd vor mir stehen. »Mal ehrlich, was denkst du von mir? Ich wäre schon nicht gegangen, ohne mich zu verabschieden.«

»Aber du bist doch aufgestanden ...«

»Komm mal mit«, sagt er, und ich folge ihm nach draußen, wo wir stehen bleiben und uns für einen kurzen Augenblick schweigend ansehen.

Verlegen beiße ich mir auf die Lippe. »Hat doch ganz gut geklappt, oder?«

»Ja, schon, die Idee ist gut. Mal sehen, was daraus wird. Jedenfalls kann ich es mir sehr gut vorstellen.«

»Und du wärst nicht einfach so gegangen?«

Er schüttelt den Kopf.

»Bist du noch sauer?«, frage ich weiter, weil mich das doch sehr bedrückt.

Er lässt seinen Blick über die Umgebung schweifen, ehe er wieder zu mir sieht. »Oh Mann, Katha, komm mal her. Ich habe schon verstanden, dass es blöd gelaufen ist«, sagt er und zieht mich an sich.

Ich bin unfassbar erleichtert. »Und ... und was machst du jetzt noch?«

Er antwortet nicht, sondern greift an mein Kinn und hebt sachte meinen Kopf an. Als er mich küsst, kribbelt es sofort wieder in meinem gesamten Körper. Ja, Matti und ich, das fühlt sich gut an. Wer hätte das gedacht? Wir beide vermutlich am allerwenigsten.

ICH MUSS
es akzeptieren

»Wo fahren wir jetzt hin?«, frage ich, als ich bei Matti auf dem Fahrrad sitze. Mir ist etwas kalt, was daran liegt, dass wir ziemlich früh aufgestanden sind. Matti wollte mit mir frühstücken, und so haben wir eine Tasche gepackt und uns auf den Weg gemacht. Ich halte mich an ihm fest, während es in Richtung Promenade geht. Zu meiner Verwunderung halten wir vor der Surfschule an.

»Du willst jetzt aber nicht ins Wasser?«, vergewissere ich mich, und er lacht.

»Nein, aber da vorne holen wir uns was zum Frühstück, dann sind wir gestärkt für den Rest.«

»Für den Rest?«

»Klar, wenn du morgen schon die Insel verlässt, musst du wenigstens noch ein bisschen was davon gesehen haben, oder?«

Ich lächele, auch wenn ich gleichzeitig traurig bin. Kaum zu glauben, dass morgen das alles hier schon endet.

Seit dem Treffen im Café sind ein paar Tage vergangen. Matti und ich haben viel Zeit miteinander verbracht, uns aber auch noch ein paarmal mit Mia und Bene getroffen. Ich bin froh, dass sich alles so weit aufgelöst hat. Obwohl ich nicht weiß, wie es weitergeht, wenn ich wieder zu Hause bin, hoffe ich, dass es zumindest für alle auf der Insel gut wird.

Wir gehen eine Weile, und Matti schiebt das Rad, bis wir einen kleinen Imbiss erreichen. Matti holt uns Kaffee und eine Kleinigkeit zu essen. Während wir auf einer Bank frühstücken, blicken wir gemeinsam über das Meer – es ist einfach und trotzdem wunderschön.

Unser nächster Halt ist der Hafen. Dort beobachten wir die Schiffe, Matti zeigt mir ein Museum, das die Vielfalt auf der Insel zum Thema hat, wir lachen viel, und die Zeit vergeht leider viel zu schnell.

Als wir am späten Nachmittag wieder Hunger haben, holen wir uns ein Krabbenbrötchen und setzen uns damit an den Strand, so wie schon am Tag nach unserer Begegnung auf der Strandparty. Heute ist es etwas frischer, dennoch ist es schön, zusammen mit Matti am Meer zu sitzen und dem Rauschen der Wellen zuzuhören.

»Daran könnte ich mich echt gewöhnen«, sage ich.

»Nun, du musst ja nicht gehen. Ich sitze dann wieder allein hier, dabei ist es mit dir viel schöner.«

»Ach was.« Ich winke ab. »Du machst so weiter wie vorher, bevor ich hierhergekommen bin.«

Er schüttelt den Kopf. »Ich meine es ernst. Überleg doch mal, das alles kann funktionieren. Zumindest könntest du es ausprobieren. Du bist doch gerade sowieso frei, also warum nicht?«

Ich zucke mit den Schultern. Der Wind weht ein wenig, und Matti streicht mir eine Haarsträhne aus dem Gesicht. Sofort prickelt meine Haut wieder unter seinen Berührungen.

Ja, wie gern würde ich noch etwas auf der Insel bleiben. Die Zeit genießen, vielleicht mithelfen bei der Planung, falls das mit der Bewerbung wirklich funktionieren sollte. Aber es ist einfach unrealistisch.

»Was meinst du, die Tour, die wir heute gemacht haben, wäre doch auch ein schönes Erlebnis, oder?«, überlege ich. »Eine Inselführung an schöne Plätze hat auch was, es muss ja nicht immer der totale Adrenalinstoß sein.«

Matti grinst. »Du machst dir doch Gedanken, nicht wahr?«

»Ein paar, natürlich.«

»Ja, das wäre in der Tat was«, antwortet er. Ein paar Minuten sitzen wir schweigend da, bis Matti die Stille wieder unterbricht. »Kannst du es dir denn vorstellen?«

»Was meinst du?«

»Na, du sagtest, du könntest dich daran gewöhnen. Also kannst du es dir doch vorstellen, mit deinem Boot hier erst mal den Anker zu setzen?«

Ich nicke. »Klar, vorstellen kann ich es mir. Aber nur weil man sich etwas vorstellen kann, bedeutet das noch lange nicht, dass es auch funktioniert.«

»Na ja, das Visuelle ist allerdings schon wichtig.« Er zwinkert mir zu.

»Ja, stimmt. Aber jetzt fahren wir erst mal zurück.«

»Danke für den tollen Tag, für diesen Abschluss und … für alles irgendwie«, sage ich, als Matti mich vor meinem Apartment absetzt.

»Okay, dann sehen wir uns vielleicht irgendwann wieder.« Er lächelt. »Es war wirklich schön.«

»Also war's das jetzt?«

»Vermutlich.«

Ich schlucke ein paarmal fest, dann gehe ich langsam auf ihn zu und küsse ihn. Verdammt, wieder fühlt es sich so gut an, so intensiv. Und mein Herz überschlägt sich fast.

»Ich wünsche dir alles Gute, das weißt du«, sage ich, und unsere Blicke treffen sich. »Was ist los? Warum schaust du mich so an?«

Er legt den Kopf schief. »Wer hätte gedacht, dass ich mich in dich verliebe?«

Es dauert einen kurzen Moment, bis ich kapiert habe, was er da gerade gesagt hat.

»Ja, ich habe mich auch verliebt.« Ich seufze. »Und ich würde schon gern bleiben, aber …«

Er sieht mich eine Weile an. »Ich weiß, es geht nicht – du bist nicht mutig genug.« Dann nimmt er

mein Gesicht in seine Hände und küsst mich auf die Stirn. »Mach's gut, Katha«, sagt er nur noch, ehe er sich abwendet und geht.

Während ich dastehe und ihm nachsehe, habe ich das Gefühl, dass mein Herz gerade ein bisschen zerbricht. Verdammt, das war nicht der Plan, so ganz und gar nicht. Aber es ist wohl so. Ich mag Matti, doch unsere Leben passen irgendwie nicht zusammen. Und auch wenn es mir schwerfällt, muss ich es wohl akzeptieren.

KEINE ANGST mehr

Als ich am Morgen aufwache, fange ich an, meine Sachen einzupacken. In meiner Brust sticht es noch immer, und ich werfe einfach alles in meinen Koffer. Als ich fertig bin, setze ich mich aufs Bett und schließe für einen Moment die Augen. Was soll ich jetzt machen? Will ich wirklich schon wieder die Insel verlassen? Wohin soll ich mein Boot lenken? Und was wartet in Nürnberg auf mich?

Der Gedanke, bereits in wenigen Stunden wieder weg zu sein, lässt mein Herz beinahe ertrinken, so als wäre es ein sinkendes Schiff in meinem Gedankenchaos. Wie auch immer, ich muss fahren, obwohl es schon verlockend wäre, hierzubleiben.

Ja, aber fahr nicht so schnell wieder ab, flüstert meine innere Stimme mir zu. *Ihr hattet doch nur diese wenigen Tage.*

Und wenn ich hier auf der Insel ein kleines Foto-studio eröffne? Ja, warum eigentlich nicht?

Matti hat die Sache wohl schon richtig auf den Punkt gebracht: weil ich nicht mutig genug bin.

Als ich mit meinem Gepäck fertig bin, gehe ich ein letztes Mal hinüber ins Café, um mich von Mia und den anderen zu verabschieden.

Schon an der Tür kommt Mia auf mich zugerannt. »Katha, oh mein Gott, es gibt so tolle Neuigkeiten! Eigentlich ist es unmöglich, aber Svantje ist gleich heute Morgen zum Amt gegangen. Und stell dir vor, sie waren begeistert! Wir müssen es Matti sagen, das ist der Hammer!« Sie stoppt und sieht mich ernst an. »Was ist los? Oh Gott, stimmt, du fährst ja gleich, tut mir leid.«

Ich nicke. »Ja, ich wollte mich verabschieden. Und das mit der Bewerbung, das … das ist toll, ich freue mich für euch, ich …« Mit einem Mal kann ich mich nicht länger zurückhalten. Ohne dass ich etwas da-gegen tun kann, fange ich an zu weinen. »Das ist alles so scheiße und …«

Während Fine mich mitleidsvoll ansieht, nimmt Mia mich in den Arm. »Aber was ist denn los? So schlimm? Ach, Katha.«

Ich bin zu aufgewühlt, dass ich etwas antworten kann. Stattdessen löse ich mich von ihr und wische mir die Tränen weg.

Ausgerechnet jetzt betreten Bene und Jan das Ca-fé. »Was ist denn hier los?«, will Bene wissen.

Ich versuche, Luft zu holen. »Er … er …«

»Matti? Ach herrje, setz dich erst mal«, ruft Jan. »Erzähl, was hat er gemacht?«

Mia deutet zu einem der Tische, und ich setze mich. Da gerade im Café nicht so viel los ist, nehmen alle anderen ebenfalls Platz.

»Jetzt sag schon, was ist passiert?«, fragt Fine ziemlich ungeduldig.

»Er hat sich in mich verliebt«, schluchze ich.

»Und wo ist das Problem?«, hakt Mia nach. »Das ist doch toll.«

»Nein, weil … ich … nein …«, stottere ich herum, und Fine lächelt.

»Doch, das ist toll. Ich meine, so viele Mädchen hätten sich das früher mal gewünscht, ich eingeschlossen.« Als Jan ihr einen bösen Blick zuwirft, beginnt sie zu grinsen. »Das war Spaß, lass mich doch auch mal lustig sein.«

»Ja, sehr lustig.«

»Ach ja? Aber ihr Jungs dürft immer irgendwelche blöden Scherze machen!«

»Darum geht es jetzt doch nicht«, mischt sich Mia ein. »Es geht hier um Katha und Matti. Aber ich sehe noch immer das Problem nicht.«

Ich seufze. »Ja, vielleicht ist es schön. Aber was bringt das, wenn ich heute wegfahre?«

»Dann fahr doch nicht«, entgegnet Mia, und ich schüttele den Kopf.

»Das geht doch nicht.«

»Natürlich geht das. Du kannst deinen Aufenthalt einfach verlängern. Und ich meine, hier wird so viel

zu tun sein, es waren deine Ideen – ehrlich gesagt brauchen wir dich hier. Und wir wollen nicht, dass du fährst.«

»Ja, aber meine Wohnung und alles …«

»Die läuft dir schon nicht weg. Und einen Versuch ist es wert, oder? Und wenn es erst mal nur für ein paar Wochen ist.«

Ich sehe die anderen der Reihe nach an. »Ihr meint also, ich sollte verlängern?«, überlege ich laut und sage die Worte eher zu mir selbst als zu ihnen.

Mit einem Mal geht die Tür auf, und Heiner betritt das Café. »Was ist denn hier los?«, will er wissen. Dann blickt er zu mir. »Fräulein Sonnenschein, was ist passiert?«

»Sie will nicht fahren«, erklärt Bene ihm.

»Das Apartment kannst du jedenfalls noch weiter bewohnen, das ist kein Thema«, beruhigt mich Mia.

»Aber ich …«

»Und mal ehrlich, wer weiß, was hier noch auf dich wartet. Aber du kannst natürlich auch gehen und das Schicksal mal wieder ignorieren. Du weißt ja, was dann passieren kann.«

Ich schlucke und vergrabe meine Hände nachdenklich in den Taschen meiner Jacke. Auf einmal spüre ich in der linken Hand etwas Glattes, Kühles. Langsam ziehe ich es heraus. Es ist der kleine Anker, den ich bei meiner Ankunft am Strand gefunden und dann in meine Jackentasche gesteckt habe. Als ich ihn betrachte, fallen mir auch die Sprüche auf den Karten wieder ein. Ist es wirklich so, dass ich hier sein soll? Ignoriere ich sonst das Schicksal?

Ich beiße mir auf die Lippe. Jetzt liegt es an mir. Traue ich mich, oder traue ich mich nicht? Habe ich Angst oder nicht? Bin ich mutig genug?

Ich habe mich entschieden: Ich will mutig sein. Vielleicht bin ich ja verrückt, vielleicht ist das alles verrückt, jedenfalls ist es eine Chance. Möglicherweise passt es auch gar nicht zwischen Matti und mir, aber wie es auch kommt, ich werde es versuchen. Denn wenn es wirklich Schicksal war, dass ich hierhergekommen bin, dann wird es schon alles richten.

Nachdem ich den Strand erreicht habe, schaue ich mich mit klopfendem Herzen um. Matti muss hier sein, es muss einfach so sein. Und tatsächlich entdecke ich ihn. Er ist mit seinem Surfbrett auf dem Weg ins Wasser, und während ich jetzt auf ihn zurenne, macht mein Herz einen Sprung.

»Matti«, rufe ich gegen den Wind und hoffe, dass er mich hört, ehe er in den Wellen verschwindet. Ja, Matti, dieser verrückte Kerl. Der Seesternjäger. Nur ein paar Stunden sollten es sein. Doch dann …

Er reagiert nicht, sondern geht einfach weiter.

»Matti!«, rufe ich noch einmal, dann bleibt er endlich stehen.

Er dreht sich zu mir um und lächelt. Wenige Augenblicke später lässt er das Surfbrett fallen und kommt mir entgegen, bis wir endlich einander gegenüberstehen.

»Hey«, sage ich und muss lachen, denn ich bin so aufgedreht.

Er nimmt meine Hände in seine. »Hey, was machst du denn hier? Ist alles okay?«

»Nein, eigentlich ist nichts okay.«

Er hebt eine Braue. »Inwiefern?«

»Na ja, es … es ist sogar viel besser als okay.«

Und genau so ist es. Denn wenn ich ihm in die Augen sehe, weiß ich einfach, dass ich ihn mag. Schon vom ersten Augenblick an war da eine Verbindung, warum auch immer. Vielleicht weil wir uns ähnlich sind, weil wir uns einfach verstehen. Natürlich kann sich immer alles ändern. Aber warum die Zeit verschwenden, wenn vielleicht etwas Gutes entstehen kann? Wenn nicht, wenn das Boot ins Straucheln gerät, na gut, dann versucht man eben, es wieder auf Kurs zu bekommen.

»Das hier wird sicherlich das Dümmste, was ich jemals gemacht habe«, sage ich.

»Und was ist das?«

»Ich werde noch ein wenig hierbleiben. Einfach weil ich es will – und weil ich dich will. Und ich möchte mutig sein.«

Er sieht mich etwas ungläubig an. »Ernsthaft?«

»Ja, ernsthaft. Und wenn es nicht klappen sollte und es sich herausstellen sollte, dass es dumm ist, dann haben wir es wenigstens versucht. Aber ich denke, das Schicksal hat sich wirklich etwas dabei gedacht, ganz sicher sogar.«

»Ich glaube es auch, auch wenn es verrückt ist.« Um seine Mundwinkel zuckt es.

Er zieht mich an sich, küsst mich und hebt mich dann hoch in die Luft, als würde ich gleich losfliegen.

Und genau dieses Gefühl gibt er mir ja auch. Das Gefühl zu fliegen.

Langsam gleite ich zurück in seine Arme. »Ich bin so verliebt in dich«, flüstert er.

»Und ich auch in dich.« Schon lege ich meine Lippen erneut auf seine. »Wir haben jetzt aber auch einiges vor«, sage ich, als wir uns wieder voneinander gelöst haben.

»Oh Mann, worauf habe ich mich da eingelassen?« Er lacht. »Ein Drink, und dann stehe ich plötzlich auf diesen Beziehungskram.«

Ich muss ebenfalls lächeln. Ja, das Ganze ist schon ziemlich verrückt. »Tja, jetzt ist es zu spät«, entgegne ich. »Und was sagt uns das?«

Matti legt den Kopf schief und sieht mir tief in die Augen. »Dass Dummheiten nicht so schlecht sind?«

»Ja, und dass Liebe vorkommt, ob man es will oder nicht.«

Fülle dein Herz mit Abenteuern,
verlieb dich auf Sylt.
Träume am Meer.

ES PASSIERT AUCH
im echten Leben

Als Matti und ich ein paar Tage später das Café betreten, empfängt uns Mia ganz aufgeregt. »Ich kann es immer noch nicht glauben«, ruft sie. »Die Gemeindeverwaltung hat es wirklich genehmigt, und sie wollen dich kennenlernen, Katha!«

»Okay, jetzt mal ganz von vorne«, sage ich. »Was ist genau los?«

Wir setzen uns zusammen mit den anderen an einen Tisch, und Mia berichtet, wie begeistert alle von unserem Konzept und den Fotos waren und dass mich die Verantwortlichen gern kennenlernen würden, um mit mir über einen Auftrag zu sprechen. Einen großen Auftrag sogar.

»Es geht darum, die schönen Plätze der Insel für einen großen Bildband zu fotografieren. Ist das nicht super? Und ich habe noch eine tolle Neuigkeit: Felix,

der Chefkoch vom Sonnenhof, hätte gern Fotos seiner neuen Kreationen. Rate mal, an wen er da gedacht hat.«

Mein Herz klopft. Ist es ein Traum, oder kann das alles tatsächlich wahr sein? »Das gibt's doch nicht. Ist das wirklich dein Ernst?«

Mia lacht, und Matti küsst mich auf die Wange.

»Mein voller Ernst. Aber jetzt kommt es noch besser: Der Auftrag sollte wohl an Frank Kreiner gehen, doch als sie deine Bilder sahen, haben sie sich umentschieden.«

Mein Herz gerät ein wenig aus dem Takt, denn damit habe ich nicht gerechnet. Und ich muss, nachdem Mia die Worte ausgesprochen hat, erst mal meine Gedanken ordnen. »Aber wie das? Weiß er es denn?«

»Unter uns, er muss getobt haben. Aber Gerechtigkeit siegt, habe ich es dir nicht immer gesagt?«

Ich schüttele den Kopf. »Das kann nicht sein, so was passiert doch nur in …«

»In kitschigen Liebesromanen? Tja, falsch gedacht. Auch das echte Leben hält so einiges bereit.«

Während wir alle zusammen im Café sitzen, denke ich an den Moment zurück, als ich mit dem Kirschsaftfleck auf der Bluse auf der Bank saß und dachte, ich müsste mich allem einfach fügen. Als ich den Flyer in der Hand hielt und mir über Zeichen Gedanken machte. Ja, ich denke, solche Zeichen gibt es. Bei mir war es wirklich so: Wegen des Kirschsaftflecks ging ich zum Supermarkt, um Essig und Zitrone zu kaufen, auf dem Weg sah ich erst die

Karte im Schaufenster und dann den Flyer an der Kasse. Ich wollte nach Sylt und entschied mich gegen eine Zukunft mit Martin, weil ich endlich das tat, was ich wirklich wollte, und mich nicht länger verbiegen ließ. So wie alle hier im Café, jeder auf seine Art und Weise.

Fine und Jan küssen sich, während Mia, Bene und Matti sich angeregt unterhalten und sogar miteinander lachen. Wie ausgelassen sie alle sind, hier in diesem unglaublich schönen Café, das nicht nur Mia und Fine Glück gebracht hat, sondern irgendwie allen hier am Tisch das Leben versüßt.

Und jetzt in diesem Moment spüre ich eine tiefe Dankbarkeit dafür, dass das Schicksal mich hierhergeführt hat. Es ist erstaunlich, wie das Leben manchmal auf unerwartete Weise verläuft. Aber genau das ist passiert, und ich könnte nicht glücklicher darüber sein.

Das Schicksal mag unvorhersehbar sein, doch so wie das Meer uns auf unerwartete Reisen mitnimmt, bin ich bereit, mich von ihm leiten zu lassen und neue Ufer zu entdecken. Mit einem Lächeln im Herzen und der Gewissheit, dass das Leben manchmal wie die Gezeiten kommt und geht, freue ich mich auf all die Abenteuer, die das Schicksal für mich vorgesehen hat – so wie dieser unvergleichliche Sonnenaufgang am Meer, der mir zeigt, dass das Glück manchmal genau dort zu finden ist, wo man es am wenigsten erwartet.

Um das Schicksal habe ich mir in letzter Zeit viele Gedanken gemacht. Warum in einer bestimmten

Situation etwas so und nicht anders passiert. Auch in Bezug auf Martin und Annegret hat das Schicksal alles richtig entschieden. Ich habe mich tatsächlich noch einmal bei Martin gemeldet, weil er noch ein paar Sachen von mir in seiner Wohnung hat, die er mir zuschicken wird. Er hat im Harz eine junge Frau kennengelernt, mit der er sich eine Zukunft vorstellen kann. Darüber freue ich mich ehrlich für ihn, Hauptsache, ich komme nicht in dieser Zukunft vor.

Ja, ich kann wirklich sagen, dass es das Schicksal gut mit mir gemeint hat. Deshalb nehme ich mir fest vor, jeden unerwarteten Kirschsaftfleck, jede zufällige Begegnung im Schaufenster eines Ladens und jeden Flyer, der mir in die Hände fällt, anzunehmen und zu umarmen. Ich will mit einem Lächeln im Herzen durchs Leben gehen und das Schicksal in vollen Zügen genießen, denn ich weiß, dass es gerade schon wieder dabei ist, neue Pläne zu schmieden. Damit Liebe vorkommt, ob man damit rechnet oder nicht.

ENDE – UND DOCH ERST DER ANFANG …

Ein Dankeschön und Gratisgeschenk

Melde dich auf meiner Website michelleschrenk.de für den Newsletter an und verpasse in Zukunft keine Neuigkeiten mehr. Als Dank für deine Treue bekommst du dort kostenlose Bücher und Bonuskapitel.

***

Meine liebe Leserin, mein lieber Leser,

an dieser Stelle möchte ich dir vielmals danken, dass du dieses Buch gelesen hast und meine Bücher liebst. Ich hoffe, dir hat diese Geschichte Freude bereitet. Vielleicht hat sie dein Herz berührt, und ich konnte dich für kurze Zeit aus dem Alltag entführen. Es ist einfach wundervoll, dass du mich auf dieser Reise begleitest. Ich liebe den Austausch mit euch allen, egal auf welchem Weg. Schreibe mir also immer gern. Falls du mir mal zufällig irgendwo begegnen solltest, kannst du mich natürlich auch jederzeit ansprechen. ☺
Wenn dir diese Geschichte gefallen hat, dann lass es mich doch bitte wissen. Schreibe mir gern eine Re-

zension bei Amazon, denn das ist ganz wichtig für uns Autoren. Besuche mich auf Facebook und Instagram oder folge mir auf Amazon. Werde einer meiner Insider auf WhatsApp, dort gibt es immer ganz besondere News. Ich lasse dich an Coverabstimmungen teilhaben, oder wir plaudern einfach ein wenig. Hinterlasse ein Däumchen oder einen Kommentar, wie und wo auch immer. Ich freue mich über jede Rückmeldung.

Ganz lieben Dank!
Deine Michelle

Im Anschluss findest du weitere Bücher von mir, die ich dir ebenfalls ans Herz legen möchte.
Mehr über meine Bücher auch auf meiner Website micheleschrenk.de.

Du hast die ersten beiden Bände
dieser Buchreihe bereits gelesen?
Falls nicht, erlebe auch die Geschichten
von Mia und Bene sowie von Fine und Jan.

Café MIT Sylt UND Zucker

BAND 1: GLÜCK KOMMT SELTEN ALLEIN

Meeresrauschen, Sand zwischen den Zehen, eine Prise Seeluft und jede Menge Herzklopfen …

Mia will Meer, und deswegen ist es Zeit für einen Tapetenwechsel. Auf einer Jobseite im Internet stößt sie auf die Stellenanzeige des Cafés mit Sylt und Zucker. Arbeiten, wo andere Urlaub machen? Auf Sylt, wo es so viele heiße norddeutsche Männer gibt? Ein verführerischer Gedanke. Schon lange träumt Mia davon.

Und so packt sie ihre Koffer, um auf die Insel zu reisen und dort auf Probe zu arbeiten. Schon im Zug trifft sie auf Bene, einen waschechten Sylter, der in der Tat ziemlich heiß ist. Das erste Kribbeln verfliegt allerdings schnell, als er sich als rücksichtsloser Konkurrent um den Job im Café entpuppt. Möge der Bessere gewinnen – könnte man meinen. Von wegen! Bene versucht, Mia mit allen Mitteln das Leben schwer zu machen. Weiteres Herzklopfen also ausgeschlossen, oder?

Doch das Glück kann wie ein Schwarm Möwen sein: Es kommt selten allein …

Café MIT Sylt UND Zucker

BAND 2: UNVERHOFFT KOMMT OFT

Manchmal findet dich das Schicksal unverhofft und nackt am Strand ...

Fine hat die Nase voll! Viel zu lange hat sie ihre Träume hintangestellt, nun will sie endlich etwas in ihrem Leben verändern. Endlich auf ihr Herz zu hören, ist der Plan. Dieser führt sie schließlich nach Sylt und zur Stellenanzeige des Cafés mit Sylt und Zucker. Als sie sich dort auch noch einen heißen Surfer »ertindert«, ist das die Gelegenheit, sich all ihre Träume im Komplettpaket zu sichern. Und Sommerträume hat Fine so einige: Küsse am Strand und arbeiten mit dem Meer in Sichtweite.
Doch als sich der heiße Surfer als Katastrophe entpuppt, trifft Fine unverhofft auf den sympathischen Jan, der sie nackt am Strand aufliest. Als wäre das nicht schon schlimm genug, ist er auch noch der Lieferant und Bäcker des Cafés. Zufall? Schicksal?
Und dann wäre da noch die Sache mit den Sommerträumen und einem Kuss, der nicht nur ihre Gefühle durcheinanderwirbelt ...

DARF'S EIN BISSCHEN MEER LIEBE SEIN?

Um das Chaos in ihrem Leben hinter sich zu lassen, beschließt Kati, Urlaub an der Ostsee zu machen und dort ihre beste Freundin Nele zu besuchen. Denn manchmal muss es doch ein bisschen mehr, ähm, Meer sein, oder?

Schon bei ihrer Ankunft stößt sie mit dem viel zu rauen, viel zu bärtigen und viel zu großen Keno zusammen, der sich dann auch noch als ihr Nachbar entpuppt. Von der erhofften Entspannung scheint nun nicht mehr viel übrig zu sein. Im Gegenteil, der Kerl ist die absolute Katastrophe und ganz und gar nicht Katis Fall. Mehr darf es für sie in Sachen Liebe, Romantik und Erholung schon sein, aber nicht mehr in Sachen Keno.

Doch manchmal hat das Leben seine ganz eigenen Pläne – und das Meer sowieso …

LANDLUFTKÜSSE UND ANDERE MISSGESCHICKE

Eigentlich hat Stadtmädchen Katja mit Kühen und dem Landleben im Allgemeinen so viel am Hut wie mit Gummistiefeln. Deswegen ist sie ziemlich genervt, als sie von ihrem Chef für einen Auftrag aufs Land geschickt wird. Sie soll einem Grundstücksbesitzer dort eine Unterschrift entlocken und etwas mehr über ihn herausfinden. Arbeit als Urlaub getarnt? Warum nicht.

Doch kaum ist Katja an ihrem Zielort angekommen, folgt ein Missgeschick dem anderen. Der exklusive Wellnessgasthof, in dem ihre Freundin Mimi ein Zimmer für Katja reserviert hat, entpuppt sich als stinknormaler Ferienbauernhof. Und er gehört ausgerechnet Kristof, dem unfreundlichen Kerl auf dem Traktor, mit dem Katja schon bei ihrer Ankunft aneinandergeraten ist. Woher sollte sie aber auch wissen, dass man nicht in eine Blumenwiese fahren darf, um einem Kuhfladen auszuweichen? Zu allem Übel ist Kristof auch noch derjenige, auf den ihr Chef sie angesetzt hat. Was bleibt ihr also anderes übrig, als sich mit ihm zu arrangieren?

Wäre da nur nicht Mimis bescheuerte Idee, die ganz unerwartet alles durcheinanderbringt. Genau wie die Tatsache, dass irgendwas in der Landluft liegt und Kristof leider ziemlich gut küssen kann …

STRANDKÜSSE UND ANDERE TURBULENZEN

Wenn statt Urlaubserholung das pure Chaos auf dich wartet ...

Rike ist ein Arbeitstier und hasst Urlaube. Zu blöd, dass sie sich in einem sentimentalen Moment dazu überreden lässt, zusammen mit einem guten Freund die Pension Sommertraum an der Nordsee zu buchen. Als sie von diesem jedoch kurzfristig versetzt wird, sieht sie sich gezwungen, allein in den Urlaub zu fahren.

Und das ist erst der Anfang einer Vielzahl von Turbulenzen. Denn die Pension Sommertraum, die im Internet so hübsch aussah, entpuppt sich als Albtraum. Und als wäre das nicht schon schlimm genug, ist da auch noch dieser Nils, der Rike schon im Zug gehörig auf die Nerven ging. Doch dann reißt er mit einem einzigen Strandkuss ihre sonst so geordnete Welt aus den Fugen ...